야생초밥상

야생초밥상

초판 1쇄 인쇄 2015년 6월 30일
초판 1쇄 발행 2015년 7월 3일

지은이 이상권
사진 이영균
펴낸이 김선식

경영총괄 김은영
마케팅총괄 최창규
책임편집 이은 **디자인** 문성미 **마케팅** 이상혁
콘텐츠개발2팀장 김현정 **콘텐츠개발2팀** 백상웅, 문성미, 이은
마케팅본부 이주화, 이상혁, 최혜령, 박현미, 반여진, 이소연
경영관리팀 송현주, 권송이, 윤이경, 임해랑

펴낸곳 다산북스 **출판등록** 2005년 12월 23일 제313-2005-00277호
주소 경기도 파주시 회동길 37-14 3, 4층
전화 02-702-1724(기획편집) 02-6217-1726(마케팅) 02-704-1724(경영관리)
팩스 02-703-2219 **이메일** dasanbooks@dasanbooks.com
홈페이지 www.dasanbooks.com **블로그** blog.naver.com/dasan_books
종이 한솔피엔에스 **출력·인쇄** 스크린 **후가공** 이지앤비 특허 제10-1081185호

ISBN 979-11-306-0571-5 (03810)

향 기 로 운 것 들 은 들 에 서 산 다

야생초
밥상

글 이상권 사진 이영균

다섬
책방

　봄날, 길을 나서면 정신이 몽롱해진다. 나는 그런 몽롱함에 취해 아지랑이들이 한세상을 희롱하고 있는 남도의 들을 걷고 있었다. "하루 날 잡아서 편안하게 남도의 들에서 놀다 오려고 하는데 같이 갑시다!" 평소 가깝게 지내던 K출판사 양 주간의 손에 잡혀 새벽같이 서울을 떠나 오전 9시쯤 푸르른 들에 도착했다. 디자이너를 비롯하여 다른 편집자들까지 셋이 더 합류하였다. 우리는 신이 났다. 얼마를 걸었는지 모른다. 1시가 넘었을 즈음 누군가 배가 고프다는 말을 하였으나 식당은 보이지 않았다. 그래도 다들 여유로운 표정으로 걷고 또 걸었다. 매운탕집 간판은 그냥 무시하고 지나쳤다. 우린 봄나물이 가득한 밥상을 강렬하게 갈망하고 있었다. 그러나 오후 4시가 넘어가자 여행자들은 말수가 줄어들었다.

야생초
밥상

나는 마을 앞에 있는 작은 상점을 보고 걸음을 멈췄다. 거기서 컵라면으로 허기를 달랜 다음 저녁밥을 맛있게 먹기로 하였다. 상점 이름조차 지워진 유리문을 열고 들어가자 할머니 한 분이 나왔다. 할머니는 컵라면을 찾는 우리를 보고는 미안해하는 눈빛으로 고개를 흔들었다. 양 주간이 할머니 앞으로 갔다. "할머니, 혹시 남은 밥 없어요? 그냥 김치만 있으면 돼요. 저희가 밥값은 드릴게요. 너무 배가 고파서 도저히 못 가겠어요." 할머니가 밥은 서너 그릇 있지만 반찬이 없다고 망설이자, 내가 얼른 괜찮다고 거들었다. 할머니는 알았다고 하면서 집 안으로 들어갔다. 우리도 그 틈을 놓치지 않고 따라 들어갔다. 할머니는 놀라면서도 무작정 밀고 들어오는 우리를 보고는 "그럼 알아서들 차려드쇼. 그래도 묵은 김치밖에 없어서……" 하고는 밖으로 나갔다. 밥은 충분했지만 반찬이 묵은 김치와 멸치볶음뿐이었다. 그래도 우리는 허겁지겁 수저질을 시작했다. 그때 방문이 열리더니 할머니가 들어왔다. "벌써 드시네. 요것 드실랑가?" 하면서 한주먹 움켜쥔 풋나물을 보여주었다. "와아, 돌나물이다!" 누군가 소리쳤다. "돌나물은 뒤안에 천지라서 뜯는 데 시간도 안 걸려요. 조금만 기다리세요." 할머니가 나가자 우리도 우르르 따라 나갔다. 돌나물은 할머니네 장독대를 중심으로 양탄자처럼 깔려 있었다. 금세 바구니가 돌나물로 찰랑찰랑 넘쳤다. 마당가에 있는 수돗물로 돌나물을 씻어서 들어오자 할머니가 고추장이랑 참기름병을 내놓았다. "요걸 비벼먹으면 씹히는 맛이 아주 좋을 것이요!" 봄볕을 고봉으로 받아 마신 돌나물들은 토실토실하게 살이 올라서 마트에서 구입한 것하고는 향 자체가 달랐다. "으흥, 맛있다! 이렇게 맛있는 돌나물 비빔밥을 먹으려고 종일 굶었나 봐요! 할머니 고맙습니다." 여기저기서 고맙다는 말이 터져 나왔다. 할머니는 주름 가득한 얼굴에다 저 돌나물을 살찌게 한 봄볕 같은 미소를 흘려보냈다.

"저 돌나물이 손님대접을 하네요. 돌나물은 봄나물 중에 둘째가라면 서러울 만큼 많이 먹는 나물이요. 무쳐 먹고 비벼먹고, 물김치도 해먹고, 초장에도 찍어 먹고…… 근데 혼자 살게 된 뒤로는 별로 먹고 싶지가 않아요. 우연히 뒤안으로 가다가 그것들이 보여서 요것이라도 뜯어다 드려야겠다 했는데, 이렇게 좋아하실 줄은 몰랐네요. 내가 다 고맙소. 나한테 고맙다고 하지 말고, 저 돌나물한테 고맙다고 하쇼. 돈은 안 받을 테니까, 맘껏 드쇼!"

돌나물 때문에 밥의 양이 몇 배로 불어났지만 양푼 바닥이 보일 때까지 누구 하나 먼저 물러나지 않았다. 양 주간은 가방에서 메모지를 꺼내서 '할머니 고맙습니다. 제 생애 가장 맛있는 밥이었습니다. 아울러 돌나물들에게도 고맙다고 꼭 전해주십시오. 그리고 건강하십시오, 다음에 또 꼭, 찾아뵙겠습니다.' 하고 썼다. 양 주간은 지갑에서 돈을 꺼내 그 접혀진 메모지에다 끼워서 텔레비전 앞에다 놓고는 일어났다.

서울로 오는 차 안에서 양 주간이 나를 보고 낮게 말했다. "오늘

야생초
밥상

처럼 들풀로 음식을 해먹었던 그런 이야기가 담긴 책을 내고 싶습니다. 우리처럼 나물을 많이 먹는 민족도 없다고 하잖아요? 봄에 나는 풀들은 다 먹는다고 하잖아요? 그러니 저 들이나 산에 깔린 풀들이 다 우리 조상님들의 살이 되었다는 뜻 아니겠습니까? 안 그렇습니까? 그래서 그렇게 야생초로 만들어 먹는 음식에 대한 이야기! 그런 걸 사진까지 넣어서 책으로 만들고 싶어요. 편집자로서 꼭 해보고 싶네요. 후세에 남는 책이 될 것 같아요."

나는 당연히 해보고 싶다고 하였다. 텔레비전에서 몸에 좋다고 하면 우르르 몰려나와서 마구 뜯어먹어 그 종까지 멸종시키도록 사람들의 욕망을 자극하는 책이 아니라, 수백 수천 년 동안 우리네 조상들의 살과 노래가 되었던 수많은 풀들에 대한 이야기를 하고 싶었다. 우리는 그렇게 좋은 책을 만들어보자고 손을 잡았다. 지금으로부터 7년 전이었다. 양 주간은 의욕적으로 그 일을 추진하였지만, 출판시장은 가파르게 나빠졌고 결국 그가 몸을 담았던 출판사는 쓸쓸하게 문을 닫고야 말았다. 양 주간은 미안하다는 말 한마디를 남기고 사라져버렸다. 나도 어쩔 수 없다고 포기할 무렵에 음식 칼럼니스트이자 사진작가인 이영균 선생님을 만났다. 그는 양 주간만큼이나 열정을 보였고, 이 일을 오래 전부터 생각해왔다고 하였다. 나는 그를 믿고 이 글을 썼다.

이 책은 그가 아니었으면 세상에 나올 수 없었을 것이다. 그는 이 책에 나오는 야생초밥상뿐만 아니라 수백 가지의 야생초 음식

을 재현하였다. 물론 전문가들과 여러 어르신들의 조언 그리고 옛
문헌을 참고하였지만, 그런 것조차 할 수 없는 음식들이 훨씬 더 많
았다. 우리가 말로만 들었던 피죽을 만들려고 할 때도, 수많은 전문
가들을 비롯하여 시골에서 사시는 어른들에게 조언을 구했지만 알
길이 없었다. 몇몇 화려한 음식들이야 문헌에 수록되어 있으나 풀
로 해먹었던 음식들은 대부분 기록이 되어 있지 않다. 어느 산골이
나 시골 마을 사람들만이 해먹었던 음식들을 어떻게 기록하겠는
가? 그런 것조차 그는 재현하였다. 당연히 시대가 다르기 때문에
지금 사람들에게 옛날 음식을 강요할 수는 없다. 음식은 시대에 따
라 사람에 따라 혹은 지역에 따라 받아들이는 방식이 다 다르다. 또
한 음식이란 예술과 마찬가지로 늘 새로움이 있어야 한다. 그걸 알
면서도 우리는 옛날 우리 조상들이 해먹었던 그대로 재현해야 한
다고 생각했다. 우리 조상들은 거의 모든 풀의 성질을 알고 있었고,
그런 풀들을 어떤 때, 어떻게 해서 먹어야 하는지를 알았다. 그것은
하루아침에 알게 된 지혜가 아니다. 수천 년 동안 사람들의 입과 입
을 통해서 전해져 내려온 야생초밥상에 대한 역사다. 그런 것들을
알아야만 새로운 가치에 대해서 이야기를 할 수 있다고 확신했다.
그래서 옛날 사람들이 해먹었던 야생초밥상에 대해서 고민하고 최
대한 그 모양 그대로 복원하려고 애를 썼던 것이다. 다시 한 번 이
영균 선생님께 감사드린다. 재미있고 편안하게 읽히는 책, 한 꼭지
만 읽고 씹어도 야생초의 향기가 온몸에 퍼지게 하는 책, 어디론가

야생초
밥상

긴 여행을 떠날 때 꼭 한 권 들고 가서 편안하게 읽고 싶은 책. 편안하게 보면서도 나중에 뭉클하게 하는 책. 그런 책이 되어야 한다면서 함께 고민해준 여러 벗들에게도 진심으로 감사드린다. 부디 이 책이 많은 사람들의 영혼을 위로해주고 치유해주었으면 좋겠다.

차례

✳︎✳︎ 소박한
밥상의 풍요

"옛날에는 부자고 가난한 사람이고
먹는 건 비슷했지. 봄이면 보릿국 끓여먹고,
소리쟁이국 끓여먹고,
시래기국 끓여먹고 다 그랬지."

소박한
밥상의 풍요

보리밭은 인간이 만들어낸 생태계의 보고다.
저 푸르름 속에는 여러 풀과 꿩, 종다리를 비롯하여
수십 가지의 동물들이 살아간다.
그래서 보리밭은 사람뿐만 아니라
이 땅에서 살아가는 모든 생명체들의 고향이다.

1

가장 먹고 싶은 옛날 음식 1위,
보릿국

✳✳

보리 : 보통 2월 말이나 3월 초에 어린 순을 캐 먹는다. 우유의
55배, 시금치의 18배 정도의 칼슘이 들어 있다.

고향 친구가 늦장가를 갔다. 신랑은 오십이고 신부는 그보다 두
살 많았다. 둘 다 초혼이라 그런지 잔뜩 긴장되어 허둥거리는 모습
이 오히려 보기 좋았다. 사람이란 나이 들수록 낯가림이 심해지는
모양이다. 친구 결혼을 핑계 삼아 20여 명의 친구들이 모여들었다.
동창회에서도 보기 힘든 얼굴들까지 합류하였다. 우리는 예식장 뷔
페에서 이른 점심을 먹으면서 지나온 세월을 더듬었다. 각자 살아
가는 이야기, 자식들 이야기, 종교 이야기, 정치 이야기, 건강 이야
기 등을 주고받다가 누군가의 입에서 "여기 진짜 먹을 것 없다!" 하
는 말이 나왔다. 그때부터 친구들 입에서는 그 예식장 뷔페 음식에
대한 불만이 폭발하였다. 내가 가늠하기로도 제법 비싼 호텔이었

는데, 손님들에게 드시라고 펼쳐놓은 음식은 가장 싸구려였을 뿐만 아니라 맵고 짜고 달고 하여 이건 도무지 맨정신으로는 먹을 수 있는 먹거리가 아니었다. 그렇다고 해도 직접 문제 삼을 수는 없는 노릇이었다. 우리는 입맛을 쓸쓸하게 다시면서 "그래도 옛날 음식이 맛있었어!" 하고 지나온 기억을 더듬었을 뿐이다.

"나만 그런 게 아니구나. 요새 시간이 나서 신랑이랑 같이 여행을 잘 다니거든. 여행 가면 빠질 수 없는 게 먹거리잖아? 근데 솔직히 맛있는 음식 만나기 쉽지 않다. 말만 그 지역 음식이라고 하지 막상 가서 보면 다들 옛날 음식이 아니라 요즘 음식이더라."

"진짜 그래. 서울시내에서 아무리 맛있다는 음식점 가봐도 비싸기만 하지 별로야. 어린 시절에 먹었던 음식이 생각나더라. 봄에 돌나물 뜯어다가 비벼먹는 맛, 참죽나무 이파리 뜯어다가 자반이나 부각 해먹던 기억들……."

친구들 입에서는 옛날 음식에 대한 그리움이 쏟아져 나왔다. 가난했던 시절에 억지로 밥상에다 올려놓았던 음식들이 이렇게 살 만한 세상이 오자 새삼스럽게 그리워질 줄은 몰랐다는 표정들이었다. 요즘 건강식이라고 하는 것들은 죄다 우리 가난한 시절에 먹었던 음식들이다.

"야, 누가 이런 옛날 음식을 파는 식당 한번 해봐라. 그럼 틀림없이 떼돈 벌 거야!"

누군가 그렇게 말하자, 또 다른 누군가가 맞받았다.

야생초
밥상

보리순 한 가지만으로도 이렇게 많은 밥상을 차릴 수 있다. 보릿국, 보리버무래기, 보리나물,
보리개떡에다 이웃에서 얻어온 홍어애국까지 곁들여지면 진수성찬이 따로 없다.

"그건 맞는 말이야. 하지만 옛날 음식을 어떻게 재현하나? 이젠 어려워."

대부분의 친구들이 동의하였다. 그러다가 또 다른 친구가 '너희들은 가장 먹고 싶은 옛날 음식이 뭐냐'고 물었다. 딱히 사회자가 있는 토론이 아니었으므로 이야기는 중구난방이었고 여기저기 무리지어서 이야기판이 벌어지고 있었다. 그런데 그 질문이 던져지자 갑자기 분위기가 진지해졌다.

친구 이가 먼저 무릇으로 만든 조청을 먹고 싶다고 하였다. 서너 명이 동조하면서 무릇조청에 대한 이야기를 하였다. 그들이 잠잠해지자 친구 김이 쑥인절미가 먹고 싶다고 하였고, 몇 명이 비슷한 발언을 했다. 친구 최는 도랑가에서 살진 봄미나리를 캐다가 생으로 무쳐서 양푼에다 놓고 밥을 비벼먹고 싶다고 하였다. 이야기는 끝이 없을 것 같았다. 그렇게 30여 분이 흘렀을까. 친구 성이 보릿국이 먹고 싶다고 하자, 갑자기 여기저기서 소란이 일어나면서 "아, 맞아. 보릿국!" "나도 가끔 보릿국 생각했는데……." "그것 먹어본 지 오래다!" "보리순 씹는 질감이 쫄깃거리면서 좋았는데……." 거의 모든 친구들 입에서 보릿국에 대한 추억이 한마디씩 터져 나왔다. 놀랍게도 친구들이 가장 먹고 싶어 하는 음식 1위는 보릿국이었다.

나는 친구들을 보면서 "나만 그런 줄 알았더니, 다들 그렇구나! 우리만 가난해서 봄날 내내 보릿국을 먹은 줄 알았더니, 그게 아니었구나!" 하고 말했다. 친구 박이 내 어깨를 툭 쳤다.

"야, 옛날에는 부자고 가난한 사람이고 먹는 건 비슷했지. 봄이면 보릿국 끓여먹고, 소리쟁이국 끓여먹고, 시래기국 끓여먹고 다 그랬던 거지." 그 말에 대부분의 친구들이 동의했다. 그랬구나! 나는 다시 한 번 고개를 끄덕거렸다.

보리는 저절로 자라는 들풀이 아니다. 가을에 벼설거지가 갈무리되면 곧바로 이어지는 일이 보리갈이다. 논에 가는 보리는 '둔덕보리'라 했고, 밭에 가는 보리를 '골보리'라고 했다. 벼를 베어낸 논에 그냥 몽근 씨앗을 뿌리고 경운기로 골을 갈아서 거기서 나오는 흙을 덮는 '송장보리갈이'도 있다.

보리는 본능적으로 겨울을 나야 한다는 걸 알기에 씨앗을 뿌리고 수분만 있으면 금방 싹을 내민다. 적어도 겨울이 오기 전에 대여섯 가닥의 뿌리를 짱짱하게 땅속에다 박아놓아야 살아남을 수 있다. 보리순은 보드랍고 가녀린 이파리로 겨우내 찬바람을 이겨낸다. 보리가 얼어 죽지 말라고 '보리밟기'를 하는데, 그 일은 힘들지는 않아도 후딱 해치울 수 있는 일도 아니어서 아이들은 금방 싫증을 냈다. 보리밭에 온 식구들이 한 줄로 늘어서 마치 펭귄처럼 걸어간다. 식구들이 걸어간 땅에는 신발자국이 나란히 찍혀 있었다.

보리밟기가 끝나면 여자들의 한해 농사가 시작된다. 여자들은 품앗이를 하여 보리밭 고랑에 앉아서 본격적으로 들풀과 호미씨름을 해대는데, 뚝새풀, 광대나물, 별꽃나물, 벼룩나물 등이 호미 날에 뽑

보릿국은 밥을 말아먹으면 더 맛있다.
보리순이 국으로 끓여도 물러지지 않
아 씹히는 감촉이 살아 있어서 따로
반찬도 필요 없다. 구수한 된장이랑 상
큼한 보리순이 잘 어울린다.

힌다. 보리가 너무 배게(너무 촘촘하게) 난 곳도 솎아주어야 한다.

이때도 보리순을 뿌리째 뽑아내서 밭가로 던진다. 어슬어슬 땅거미가 깔리면 여인들은 일어나서 자신들이 솎아놓은 보리순을 망태기에 담아서 집으로 돌아간다. 그리고 마당에다 망태기를 엎어놓고는 보리순을 칼로 다듬어서 국을 끓인다. 그러니까 보릿국을 끓여 먹기 위해서 일부러 보리순을 캐지는 않았다. 보리순은 자라서 소중한 곡식이 되기 때문에 함부로 캘 수 있는 것도 아니었다. 그맘때쯤이면 각종 묵나물(뜯어두었다가 이듬해에 먹는 나물)도 다 떨어지고, 땅에다 묻어둔 김장 김치도 바닥나는 철인지라 풀내 풀풀 나는 보리순이 들어간 국은 식구들한테는 보약이나 다름없었다.

"요즘이야 하우스가 있어서 겨울에도 딸기를 비롯하여 온갖 채소를 다 먹지만, 옛날에는 그럴 수 없었잖아? 생각해보니 보리순이 얼마나 고마운 풀이었는지 알겠어. 그 추운 계절에 유일하게 먹을 수 있는 채소이자 나물이었잖아?"

"우리 엄마는 파릇파릇한 보리순이 둥둥 뜬 국에다 아직 뜸이 들지 않은 밥을 말아서, 호호 불며 식혀서 나한테 주었어."

"보리순은 떡을 해도 맛있었어. 맷돌에 간 보릿가루에다 물을 붓고 보리순을 넣어 주물럭거리면, 마치 황토에다 지푸라기를 넣고 짓이기는 것처럼 반죽이 되잖아? 그걸 대충 넓적하게 만들어서 찌면 그게 바로 보리개떡 아니냐?"

"맞아. 대충 만들어 먹는 떡이라고 해서 개떡이라고 부르지. 그래

022   / 야생초
                   밥상

보리순은 겨우내 채소를 먹지 못해 부족해
진 비타민을 보충해주는 고마운 풀이었다.
보리버무래기는 손님이 왔을 때 급하게 해
서 간식거리로 낼 수 있는 음식이다. 싱싱
한 보리순 씹히는 맛으로 먹는다.

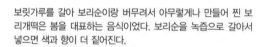

보릿가루를 갈아 보리순이랑 버무려서 아무렇게나 만들어 찐 보리개떡은 봄을 대표하는 음식이었다. 보리순을 녹즙으로 갈아서 넣으면 색과 향이 더 짙어진다.

보리순은 주로 국거리였지만 나물로도 손색없다. 씹을수록 단맛이 우러나고, 풋내가 강하지 않아 아이들도 좋아했다.

도 맛이 있었어. 그건 따땃했을 때도 맛있지만 식었을 때 더 맛있지. 보리개떡은 텁텁한 보릿가루의 감촉이랑 오래 씹히는 보리순이 잘 조화를 이룬 음식이야. 씹을수록 감칠맛이 나고 보리순 특유의 싱그러운 단맛이 우러나는데…… 가장 원초적인 단맛이라고나 할까?"

"내 조카가 초등학교 선생님인데 한번은 나한테 보리개떡이 뭐냐고 묻더라. 교과서에 개떡이 나오니까 아이들이 개떡에 대해서 묻는데, 몰라서 제대로 대답을 못 했다는 거야. 그래서 내가 한번 해주겠다고 해놓고는 아직까지 못 해줬네. 말 나온 김에 이번에 해봐야겠다!"

그러자 여기저기서 자기들도 불러달라고 하였다.

보리순은 별꽃줄기나 광대나물이랑 같이 나물로 무쳐지기도 하였는데, 그때는 다른 나물에서 느낄 수 없는 씹히는 맛이 좋았다.

그렇게 밥이라도 비벼먹으면 아이들은 배가 짱구가 되는 줄도 모르고 먹게 된다.

"말 나온 김에 우리 보리음식 먹으러 갈까? 보리개떡은 힘들지만 홍어애국 잘하는 곳을 내가 알거든. 당연히 보리순이 들어간 국이지. 홍어애국에는 보리순이 들어가야 비린내도 없애주고 맛이 나잖아."

"난 홍어 안 먹는데, 그냥 보릿국도 나오냐?"

"당연하지. 그 집은 직접 시골에서 보리순을 조달해다가 음식을 해. 보리순이 떨어지면 시래기를 넣어서 해주는데, 그건 맛이 없잖아. 내가 전화 한번 해볼게."

친구 윤이 어디론가 전화를 하는 동안 우리는 모두 이상하리만큼 말이 없었다. 모두 다 간절히 보릿국을 먹고 싶어 하는 표정이었다.

겨울의 끝자락에 맛보는
구수한 소리쟁이국

✳

소리쟁이 : 가을에 잎이 지고 새로 돋아날 때부터 뜯어다가 나물로 해먹는다. 사람의 입맛에 따라 뜯어다 먹는 시기가 다 다르다. 초여름까지 뜯어다 먹을 수 있다.

가뭄과 태풍과 온갖 애벌레들의 사나운 입질을 견뎌낸 나뭇잎이 깊게 물들었다. 바람이 그런 나뭇잎들의 수고로움을 위로하면서, 이제 모든 것들을 편안하게 내려놓아도 된다고 속삭이는 저물녘이었다. 한동네 사는 지인인 최가 저녁이나 같이 하자고 하여 슬금슬금 마실 나가는 중이었다. 최의 집에 들어서자 이미 밥상이 차려지고 있었다.

"간단하게 먹자면서 뭘 이렇게 많이 준비하셨어요?"

내가 밥상을 빽빽하게 채운 반찬들을 보면서 한마디 하자, 텃밭 주위에 소리쟁이가 많이 보이기에 그걸 뜯어다가 국을 끓여봤다고 최가 말했다.

우리나라 들에서 가장 흔한 풀이 소리쟁이다.
습기 많은 땅에 많지만 밭가에도 많다.
여름에 줄기가 크게 자랄 때만 빼고는 언제든
뜯어다 먹는다. 긴 줄기를 미역처럼 끓여먹기도 했다.

"맛이 있을지 모르겠어요. 처음 하는 음식이라 인터넷 보고 따라 해봤어요. 신기한 것은요, 처음에는 소리쟁이 이파리가 엄청 미끈 거렸는데 끓이니까 전혀 미끈거리지 않더라고요……."

최의 아내는 마치 음식 품평회를 앞둔 사람처럼 조심스럽게 말했다.

나는 소리쟁이국을 한 수저 떠서 천천히 입안에다 밀어넣었다.

"어, 맛있는데요. 어렸을 때 먹었던 그 맛이 그대로 느껴지네요. 부드러운 소리쟁이 이파리야 더 이상 설명할 필요가 없고, 시원하면서도 단맛이 느껴지는 그 특유의 맛이 나요. 시금치나 아욱 같은 맛인데 절대 안 밀리지요."

"그렇죠? 저도 이런 맛이 날 줄은 몰랐어요. 이런 걸 왜 안 먹는지 모르겠어요. 이거요, 그냥 맹물에다 넣고 끓인 거예요. 된장 외에는 아무것도 안 넣었어요. 그래도 이런 맛이 나니까, 대단하지요."

"소리쟁이는 이렇게 이파리만 끓여서 먹기도 하고, 이파리랑 뿌리를 같이 넣어서 끓이기도 해요. 이파리랑 뿌리의 비율을 8:2 정도로 넣고 끓이면 괜찮대요. 사실 저도 뿌리랑 같이 끓인 건 먹어보지 않았는데요. 전라도에서는 뿌리랑 같이 끓여먹었어요."

그쯤에서 최가 나섰다. 인터넷에는 이파리만 뜯어서 국을 끓인다고 나와 있어서 그리 했노라고 하면서 그것이 인터넷의 한계 아니냐고 말했다. 갑자기 어머니가 떠올랐다. 언젠가 한번은 내가 어머니한테 서울 사람들은 소리쟁이 이파리만 뜯어서 국을 끓여먹는다

나물 비빔밥에는 소리쟁이국만 있으면 아쉬운 생각이 들지 않는다. 소리쟁이국이 입안에 남아 있는 비빔밥의 매콤한 뒷맛을 개운하게 씻어주기도 한다.

고 하였더니, 뜻밖에도 어머니가 고개를 끄덕였다.

　"그것이 사람 입맛에 따라 다른 것이여. 뿌리에 쓴맛이 있어서 그 맛을 싫어하는 사람은 이파리만 뜯어다 끓여먹는 것이지. 그래서 아랫녘 사람들도 뿌리를 조금만 넣어서 끓이제 많이 넣지는 않는단다. 솔구쟁이(소리쟁이)는 괭이나 호미가 아니라 낫이나 칼로 캐는 것이여. 살짝 뿌리 윗부분까지 캐내는 것이지. 근데 뿌리까지 캐서 다듬는 것이 보통 일이 아니다. 아이고 말도 마라. 뿌리 끝 이파리가 붙어 있는 곳에 까만 때가 붙어 있어서, 그것을 손톱으로 긁어내면서 다듬는 일이 아주 힘들어. 이파리가 붙어 있는 부분을 조각

/ 야생초
　밥상

조각 뜯어내고 까만 때를 벗겨내야만 먹을 수가 있거든. 냉이를 캐서 씻는 것도 성가신 일이지만 솔구쟁이 캐서 씻는 일하고 비교하면 아무것도 아니지. 그만큼 귀찮고 성가신 일이여. 그것으로 한 끼를 해결하려면 한나절은 손품을 팔아야 했어. 보통 공이 들어가는 음식이 아니었지. 남자들은 손 하나도 까딱하지 않고 받아만 먹으니까 몰랐지만, 나는 지금도 솔구쟁이만 보면 으슬으슬 몸이 떨린단다. 추위에 부엌 앞에 쪼그려 앉아서 고것을 다듬던 생각이 나거든. 옛날에는 지금처럼 따뜻한 집 안에서 일을 하는 것도 아니었고, 추운 부엌에서 찬물에다 씻어서 다듬었어. 그러니 얼마나 힘들었겠냐? 근데 이파리만 뜯어서 국을 끓이면 다듬을 필요도 없고 훨씬

소리쟁이국은 길쭉한 이파리가 미역처럼 부드럽고 은은하게 단맛을 우려낸다. 실제로 산모들이 미역국 대용으로 먹기도 했다.

소리쟁이 잎과 뿌리를 같이 넣고 끓이
면 구수한 맛이 더 진해진다. 겨울에는
뿌리만 넣고 국을 끓이기도 한다.

품이 덜 들어가서 수월하지. 그건 일도 아니여. 그래도 아랫녘 사람
들은 뿌리까지 넣어야 맛있다고 하니까 그렇게 하는 것이지."

　도감이나 인터넷에는 소리쟁이 어린순을 봄이나 가을에 뜯어서
국으로 먹는다고 나와 있지만, 이 들풀이 가장 맛들어 있는 시기는
겨울의 끝자락이다. 소리쟁이는 쑥보다 먼저 캐는 나물이다. 쑥은
살아 있는 작은 벌레들이 몸을 자유롭게 움직일 수 있을 정도로 날
이 풀려야 새순을 내밀지만, 소리쟁이는 가을에 내민 잎을 땅바닥
에다 붙이고 시린 바람을 온몸으로 막아내면서 겨울을 난다. 봄부
터 여름까지 웃자란 굵고 긴 줄기가 시들어지면 다시 뿌리 위쪽에
서 파릇한 잎이 돋아난다. 그 잎은 추위에 시달리면서 약간 불그스

야생초
밥상

름하게 변해가고, 세찬 바람에 시달리면서 몇 개는 죽기도 하고 몇 개는 이파리가 찢긴다.

하여 음력 정월 대보름을 지나면 살아남은 이파리는 몇 개 되지 않는다. 그러니까 가을이나 햇살이 푸진 봄날 뜯어서 먹는 무르고 푸른 이파리하고는 전혀 다르다. 겨울을 난 이파리라야 뜨거운 국물에 들어가서도 제 모양이 크게 변하지 않으며 씹히는 질감도 좋다.

보통 2월 중순이 되면 장사치들이 마을로 들이닥쳤다. 그들은 곧장 이장네 집으로 가서 "솔구장이를 사러 왔으니, 당장 들에 나가서 캐오시기 바랍니다." 하는 안내방송을 하였다.

소리쟁이는 꽃이 지고 나면 줄기 끝에다 고추씨앗처럼 생긴 열매를 매달아놓는다. 그 열매는 바람이 불면 요란하게 소리를 낸다. 그래서 소리쟁이라는 이름이 붙었다. 그 말이 지역에 따라서 '소루쟁이' '골구장이' '소리장이' '소룻' '솔구지'라고 조금씩 변형되어서 불리게 되었다.

아무튼 마을 안내방송이 메아리를 남기면서 되풀이되면 동네 어른들이 아이들을 하나둘씩 달고 우르르 들로 쏟아져 나왔다. 나는 낫으로 소리쟁이 이파리만 뜯어서 바구니 가득 담아서 왔다. 장사치들은 내 바구니를 보더니 "에계계, 너는 솔구쟁이 잎사귀만 캐왔구나! 이건 돈을 줄 수 없다. 이렇게 뿌리하고 같이 캐야 상품가치가 높단다." 하고는 고개를 돌려버렸다. 다른 사람들이 가져온 소리쟁이를 보니까 낫으로 적당히 뿌리를 잘라내서 캐낸 것들이었다.

야생초
밥상

소리쟁이 씨앗을 받아 베개를 만들기도 했다. 소리쟁이 베개를 베고 자면
머리앓이가 사라진다고 한다.

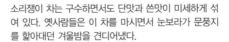

소리쟁이 차는 구수하면서도 단맛과 쓴맛이 미세하게 섞
여 있다. 옛사람들은 이 차를 마시면서 눈보라가 문풍지
를 핥아대던 겨울밤을 견디어냈다.

결국 나는 한껏 고생만 하고 단 1원도 받지 못했다.

"내가 그런 기억이 있어서 확실하게 소리쟁이는 뿌리까지 먹는다는 걸 알아요."

내 이야기를 들은 최는 소리쟁이의 뿌리 맛이 기대된다면서 후루룩 국물을 마셨다.

"호오, 약간 쓴 듯하면서도 단맛이 느껴지는데요? 오늘은 이렇게 먹고, 2월에 한 번 캐서 다시 끓여보지요. 뿌리까지 넣어서요."

소리쟁이는 봄날 밥상을 대표하는 국거리였지만 재배하지는 않았다. 그래서 소리쟁이를 좋아하는 사람들은 가을에 뿌리를 캐서 구덩이에다 묻어두고 겨우내 꺼내다가 국을 끓여 먹었다.

소리쟁이는 맛을 아는 사람만이 좋아했다. 소리쟁이 음식을 먹어보지 않은 사람들은 가져다주어도 어떻게 해먹어야 할지 모른다. 소리쟁이는 전라도식 토장국에 별미로 들어간다. 쌀뜨물을 받아 넣고, 장독대 항아리 속에서 잘 곰삭은 된장을 풀어 넣고, 소리쟁이 잎과 뿌리를 송송 썰어서 넣고 끓이면 된다. 거기에다 쌀뜨물 대신 소뼈를 푹 삶아서 우려낸 물을 넣고 끓이면 더 맛을 낼 수가 있다. 거기에다 모시조개나 마늘까지 곁들이면 더 좋은 맛이 난다. 소리쟁이는 식량이 귀할 때는 구황식물로도 한몫했는데, 미역처럼 길쭉한 잎은 데쳐서 나물로 먹기도 했다.

신사임당은 정원에 있는 원추리꽃을 보면서
친정어머니 생각을 잊었다고 한다.
원추리는 여인들의 꽃이다. 아주 오래 전부터 정원에
심어져서 여인들의 사랑을 받았고, 봄이면
나물이 되어 식구들의 살이 되어준 고마운 생명체다.

3

정월 대보름날 호호 불면서 먹었던
넘나물국

✴✴

~~~~~~

원추리 : 신사임당의 〈초충도〉에 많이 나오는 풀이다. 원추리는
이파리부터 꽃, 뿌리까지 다 먹는다. 뿌리는 자양강장의 효과가
높다고 한다.

정월 대보름이 가까워지면 아이들은 모아놓은 깡통 중에서 가장
큰 것을 골라 못으로 바람구멍을 내고 철사로 손잡이를 묶는다. 그
런 다음 앞으로 돌리기, 옆으로 돌리기, 머리 위로 돌리기, 엇갈리
게 돌리기 등 다양한 연습을 하면서 달덩어리가 커지기만을 기다
린다. 드디어 달덩어리가 부풀대로 부풀어 오른 날, 아직 해도 떨어
지지 않았건만 성급한 아이들이 불깡통에다 불을 살리기 시작한다.
어른들은 저녁이나 먹고 나가서 놀아라, 하고 큰소리치지만 이미
들뜬 아이들의 발길을 막을 수는 없다. 그맘때쯤이면 해토머리 땅
은 이미 푸슬푸슬 질퍽거려서 불깡통을 돌리면서 들로 달려나가다
보면 신발에 떡이 되도록 흙살이 달라붙는다. 그래도 아이들은 마

냥 즐거워하며 여기저기 보리밭을 밟고 다니면서 불깡통을 돌린다. 돌리고 또 돌리고, 가끔씩 웃으며 머리카락도 태워먹다가 나중에 지쳐갈 때쯤 불씨가 가득 살아 있는 불깡통을 하늘 높이 던진다. 그러면 불깡통에 가득 찬 불씨가 사방으로 흩어지면서 찬란한 불꽃놀이가 시작된다. 그 불꽃놀이가 갈무리되면 그제야 아이들은 추위도 느끼고 헛헛함도 느끼면서 근처 친구네 집으로 몰려간다. 그날은 어느 집을 찾아가더라도 부담 없다. 아무리 가난한 집이라도 오곡밥에다 여러 가지 묵나물들을 해먹었기 때문이다.

아이들이 오면 어른들이 반갑게 맞아준다. 아이들은 부엌으로 우르르 몰려간다. 부엌이 가장 따뜻하기 때문이다. 어른들은 부엌바닥에다 간단하게 상을 펼쳐두기도 하고, 아니면 그냥 오곡밥을 퍼서 넘나물국에 말아주기도 했다. 아이들은 몽당수수 빗자루나 나무청에 있는 나무를 깔고 앉아서 허겁지겁 넘나물국에 말아진 밥을 목구멍으로 밀어 넣는다.

"어어 추워. 이제야 몸이 좀 풀리는 것 같네."

아이들은 따뜻한 국이 몸을 데워주고 나서야 그날 놀았던 일들을 떠올리며 떠벌린다. 그러면서 대부분의 아이들이 "밥 좀 더 주세요." 하고 빈 그릇을 내민다.

"아이고, 그래. 얼마든지 있으니까 많이 먹어라."

어른들이 사발이 넘치도록 넘나물국에다 밥을 말아주면, 아이들은 천천히 건더기를 젓가락으로 건져서 시래기나물, 다래나물, 아

야생초
밥상

주까리나물, 명아주나물, 고구마나물 등을 보면서 먹는 여유를 찾는다.

"오늘 아침에 우리 집에서 먹을 때는 넘나물국이 맛이 없던데, 여기서 먹으니까 맛있네요."

"원래 그런 것이다! 넘나물은 씹을수록 맛있지?"

"예, 아주 맛있어요!"

아이들은 넘나물국을 먹으면서도 저도 모르게 예쁘게 꽃을 피운 원추리를 떠올린다.

원추리는 뒷산에 가면 어디에서나 흔하게 볼 수 있는 풀이었지

원추리 음식은 겨울에 더 맛있다. 삶아서 말려둔 묵나물은 국거리와 나물은 물론 떡을 할 때도 쓰였다. 쫄깃거리는 묵나물은 자연스러운 단맛이 나서 아이들도 좋아했다.

야생초
밥상

원추리는 긴 꽃대에 한 송이씩 핀다. 피어 있는 꽃 한 송이가 져야만 또 다른 꽃송이가 부풀어 오른다.

만 꽃이 하도 예뻐서 옛사람들은 몇 포기를 파다가 울안에 심어놓았다. 주로 참나무숲에서 살아가는 원추리는 줄기도 크지 않고 번식력도 강하지 않다. 그러나 정원에 심겨서 햇살을 잘 받고 퇴비를 먹게 되면 그 어떤 풀하고 겨뤄도 뒤지지 않을 정도로 줄기가 무성해진다. 그렇게 정원에서 자라는 원추리를 보고 자라온 아이들은 "국 속에 있는 건더기가 원추리를 말린 것이라니 믿어지지 않아. 어떻게 화초를 먹어?" 하고 말하기도 한다. 그러면 야생 원추리나물을 먹어본 적이 있는 아이들이 말해준다.

"어, 너 넘나물국 첨 먹어보냐? 사실은 이것보다 생원추리로 만든 나물이랑 국이 더 맛있어. 너도 먹어보면 반할 거야. 씀바귀처럼 쓰지도 않고, 씹을수록 단맛이 나와."

"단맛이 난다고? 봄나물은 대부분 쓰거나 약간 맵던데?"

"아냐, 진짜 달아. 우리 할매는 원추리를 봄 산이 주는 최고의 선물이라고 하셨어. 그만큼 맛있어. 그걸로 비벼먹으면 끝내준다고.

봄에 풋나물을 뜯어다 삶아서 무친 나물.
줄기가 순하고 부드러우며 단맛이 우러난
다. 원추리 나물만 넣고 비벼먹어도 손색
이 없다. 햇순을 넣고 국을 끓여도 맛있고,
원추리전도 별미다.

난 원추리국도 좋아. 향긋한 냄새가 나."

"나도 먹어보고 싶다!"

원추리나물을 맛보지 못한 아이들은 넘나물국을 먹으면서 원추리 풋것으로 무친 나물이나 국을 나름대로 상상해보고, 봄이 오면 꼭 어른들에게 해달라고 해야지 하고 중얼거렸다. 어른이 아닌 친구들이 맛있다고 했기 때문에 그 말을 의심하지 않았다. 더구나 단맛이 난다고 했기 때문에 더 먹어보고 싶었다.

요즘 대형마트에 나오는 원추리는 모두 하우스에서 키운 것이다. 예전에는 하우스가 없었기 때문에 반드시 풋것을 먹었고, 그것이 하도 맛이 좋아서 나머지 철에도 먹으려고 묵나물을 만들었다.

원추리는 줄기가 부드럽고 씹히는 맛이 좋았으며 줄기에서 특유의 단맛이 우러나와 누구나 좋아하는 나물이었다. 게다가 줄기를 뜯기도 쉽고 따로 다듬을 필요도 없다. 이파리가 넓고 가지런해서 마른 검불이 붙지도 않았다. 이렇게 이파리가 넓적하다 하여 '넓나물' 혹은 '넘나물'이라고 부른다. 모든 봄나물이 그렇듯이 원추리도 때를 놓치면 먹을 수가 없다. 조금만 웃자라면 줄기가 뻣뻣해져서 삶아도 질기고 단맛도 약해진다. 땅에서 솟아오르는 원추리 포기가 10센티미터 안쪽일 때가 가장 단물이 많이 배어 있다. 이때 낙엽을 헤집고 뿌리 바로 윗부분까지 뜯어내면 된다.

병아리들이 부화하기 좋은 날, 원추리는 난초처럼 길고 갸름한 잎이 솟아오른다. 어른들은 그런 원추리 어린순을 손으로 뜯어서 지푸라기로 엮어다 팔았다. 삶은 다음 말려서 묵나물을 하기도 했지만 그냥 엮어서 시래기를 만들기도 했다. 햇살과 바람에 말려진 원추리 시래기는 주로 겨울철에 국거리가 되어 식구들의 살이 되었다. 보름날 끓여진 넘나물국도 그렇게 말려진 원추리가 주인공이다. 원추리 풋것을 좋아하는 아이들도 그걸 씹어 먹으면서 "나물은 말려서 먹으면 이렇게 맛이 달라지는구나!" 하고 묵나물의 맛을 알아간다. 그런 어린 시절을 거치면서 어른이 되었을 때 진짜 묵나물의 맛과 가치를 알게 된다.

풋것은 땅에서 갓 길어올린 싱싱한 단맛을 풍기지만 아무래도 묵나물 특유의 깊고 은은한 단맛을 우려내지는 못한다.

옛날 선비들은 원추리를 '훤초(萱草)' 혹은 '망우초(忘憂草)'라고 불렀다.

> 비 지나서 뜨락 옆에는 파란 싹이 길었구나
> 해는 한낮 바람 솔솔 그 그림자 서늘하구나
> 슬한 가시 얽힌 잎새 한 그림도 다사한저
> 너로 하여 잊었거나 아무 시름 내 없노라

이 글은 신숙주가 안평대군에게 바친 시이다. 뜨락 옆에서 파란 싹을 내민 것은 원추리다. 신숙주는 원추리를 보고 근심을 잊었다고 노래하고 있다. 꽃의 아름다움에 빠지면 괴로운 생각으로부터 벗어

야생초
밥상

겨울철 밥상에 단골로 오르내리던 원추리 묵나물 반찬이다.
묵나물은 삶아서 말리는 과정에 새로운 화학작용을 일으켜 더 구수하고
영양가도 풍부해진다. 생잎보다 비타민이 훨씬 더 많다.

원추리꽃밥은 우리 조상들이 해먹었던 음식 중에서도 으뜸이다.
말린 원추리꽃은 밥에 넣어도 모양이 크게 변하지 않는다. 그 특유의 색을
유지하면서 기분 좋게 하는 단맛이 밥내와 어우러져 환상적인 맛을 자아낸다.

날 수 있다는 의미로 받아들일 수 있다. 그래서 옛날 선비나 화가들은 원추리꽃을 즐겨 그렸다. 여자들은 말린 원추리꽃을 몸에다 지니고 다니면 아들을 낳는다고 하여 의남초(宜男草)라고 불렀다. 원추리 뿌리는 캐서 쌀이나 보리를 섞어 떡을 만들어 먹었다. 그러니 가뭄에는 사람의 생명을 연장해주는 구황식물이라고 할 수 있다.

"원추리로 만든 최고의 음식은 원추리꽃색반이지요. 내가 초등학교 5학년 때 아랫마을 친구네 집에 가서 먹어보았는데, 아직까지 그렇게 황홀하면서도 향기 좋은 밥은 먹어본 적이 없어요. 눈과 입 아니 온몸으로 그 향기가 느껴졌어요. 원래 원추리는 꽃을 따서 꽃술을 제거하고 쌈을 싸먹기도 해요. 밥할 때도 그렇게 해요. 그러면 원추리색이 노랗게 우러나서 밥을 물들이고 향기도 좋아요. 그 밥을 먹고 나오는데 몸이 날아갈 것 같고, 한동안 아무런 생각도 안 나면서 내가 행복하다는 생각이 절로 들더라고요. 뭔가를 먹고 그런 생각을 해보기란 그때가 처음이었어요."

나는 원추리에 대한 이야기를 할 때마다 꼭 이렇게 끝을 맺는다. 원추리꽃색반에 대한 찬양을 하면서, 최대한 행복했던 순간을 떠올린다. 그리고 주위에 있는 사람들에게 원추리꽃색반을 해먹어보고 그런 기분을 느껴보라고 한다. 그러면 꼭 원추리가 된 기분에 빠져들기 때문이다.

예로부터 가장 많이 해먹었던 나물 중 하나였다.
봄날 나물바구니마다 냉이만큼이나
가득 찼던 나물이다. 지금은 잊혀진 풀이다.
줄기가 곧게 서기 전에는 언제든지 뜯어다 먹어도 된다.

4

이른 봄날의 밥상을
풍요롭게 해주던 점나도나물국

✳✳

점나도나물 : 줄기는 짧은 마디와 마디 사이에 직선으로 곧게
뻗는다. 솜털이 많아서 추위에 강하다. 남부지방에서는 한겨울
에도 점나도나물이 자란다. 겨울에 뜯어서 해먹는 나도나물이
가장 맛있다.

내 동화책에 그림을 그려주었던 화가 선생님이 아랫마을로 이사
를 오셨다. 너무 반가워서 이사하는 날 달려갔다.

"눈이 많이 내리는 날 이사 오셨으니 좋은 일이 많이 생기겠네요!"

환갑을 훌쩍 넘긴 선생님은 반년간 거의 혼자 지었다는 흙집을
자랑스럽게 바라다보면서 "조만간 집들이 할게요." 하고 흐뭇하게
웃으셨다. 그리고 두 달쯤 지나자 "밥이나 같이 합시다!" 하고 연락
이 왔다. 봄이 막 터지기 시작한 때였다. 발랄한 청춘남녀들처럼 새
들은 날마다 짝을 지어 노래하고, 땅이란 땅에서는 미친 듯이 풀들
이 솟아올라 춤을 추고, 이미 꽃향기에 취해버린 봄바람은 정신없
이 살아 있는 것들을 흐느적거리게 하였다. 은연중에 내 몸도 그렇

게 흔들리고 있었다.

"걸어오는 품새가 꼭 춤추는 것 같네요!"

화가 선생님이 나를 보고 하는 말이었다. 화가 선생님네 현관 앞에는 노란 수선화들이 손님을 맞이하고 있었다. 카페처럼 꾸며놓은 거실이 분주했다. 몇몇 눈에 익은 편집자들이 보였다. 대략 10여 명이 모였으니 잔치 분위기였다.

음식은 화가 선생님이 다 준비를 해놓은 상태였다.

"반찬은 없고 밥만 했어요. 제가 가장 잘하는 밥. 차조밥인데, 맛이 있을지 모르겠어요."

화가 선생님이 차조밥을 퍼주자 여러 사람들이 빠르게 날랐다. 길쭉한 탁자에 앉은 사람들은 차조밥에 섞여 있는 고구마를 보고 이런 밥은 처음이라고 하였다.

"제가 어린 시절에 가장 맛있게 먹었던 밥입니다. 좁쌀도 모조와 차조가 있는데, 차조는 수확량이 많지 않아서 옛날에도 귀하고 비싸게 팔렸어요. 그래도 쌀보다는 흔해서 아이들 생일처럼 특별한 날이 되면 어머니가 차조밥을 해주셨는데, 귀한 차조를 많이 쓸 수 없으니까 양을 불리기 위해서 고구마를 썰어서 넣었어요. 그때는 고구마가 흔했거든요. 근데 나는 차조도 맛있었지만, 차조밥에 섞인 고구마가 그렇게 맛이 좋을 수가 없었어요. 단맛이 우러나서 차조밥에 적당히 배거든요. 그 맛이 생각나서 해봤는데 어떨지……."

화가 선생님은 손님들 숫자만큼 밥을 푸고 몇 가지 반찬들을 올

나도나물은 줄기는 작아도 한 옴큼씩 무리지어 자라는 풀로,
대표적인 국거리다. 뜨거운 국에 들어가서도 줄기가 물러지지 않는다.
털이 많아서 텁텁하면서도 부드럽게 씹힌다.

린 다음 "이제 국만 푸면 됩니다. 사실 오늘 주 메뉴는 바로 국입니다." 하면서 국을 푸기 시작했다. 구수한 된장 냄새가 허기진 뱃속을 자극했다. 여기저기서 된장 냄새가 좋다는 말이 추임새처럼 터져 나왔다. 얼핏 보면 특별해 보이지 않는 국이었다. 그래서 다들 된장 냄새에다 방점을 찍고는 구수하다는 말만 되풀이하였다. 이윽고 모든 손님들이 식탁에 앉고 나자 화가 선생님이 어서들 드시라고 하였다. 내가 보기에도 차조밥과 그 된장국만 빼고 다른 음식들은 평범했다. 묵은 김치, 양배추 샐러드, 김, 그리고 마트에서 사온 시루떡이 전부였다. 하지만 곧바로 손님들의 입에서 탄성이 터져 나왔다.

어려서는 잎이 더 촘촘하고 두툼하다. 날이 더워지면서 줄기와 잎이 가늘어지고 꽃이 필 무렵에는 전혀 다른 풀처럼 보인다. 줄기 끝에 별꽃처럼 하얀 꽃이 핀다.

야생초
밥상

"와아, 이 국 끝내주네요. 선생님, 이게 뭐예요? 국거리가 무슨 채소예요? 전 처음 보는 것 같은데요. 이런 채소도 있나요?"

"꼭 야생풀 같아요. 씹히는 맛이 조금 과장하면 쫄깃거리네요."

"아냐, 부드럽게 씹히면서 아삭거리는 것 같은데."

"전 밥이 더 맛있어요. 이런 밥 처음 먹어봐요. 고구마랑 좁쌀이 이렇게 잘 어울리다니……."

"맨날맨날 이런 밥만 먹고 싶어요."

화가 선생님은 한동안 말이 없으셨다. 손님들이 마음껏 음식을 맛보고 상상할 수 있도록 일부러 뜸을 들이고 있었다. 그러다가 불쑥 나를 보고는 "작가 선생님은 무슨 풀인지 알지요?" 하고 물었다. 나는 엉거주춤 고개를 끄덕였다.

"사실 저도 몇십 년 만에 먹어보는 나물입니다. 중학교 때 먹어보고, 그 뒤로는 처음이지 않을까 생각합니다. 이건 점나도나물이라고 하는데요. '점'자가 붙었다고 해서 이 식물의 잎에 점이 있는 건 아닙니다. 식물에 '점'자가 붙어 있으면 '작다'는 뜻입니다. 그러니까 '작은 나물'이라는 뜻입니다. 이 풀은 남쪽지방에서만 국거리로 해먹는 줄 알았는데……."

주로 밭두렁이나 길가, 집 주위에서 볼 수 있는 점나도나물은 잎사귀가 타원형이고 두텁다. 냉이처럼 잎을 땅 위로 내밀고, 그 무시무시한 겨울바람을 온몸으로 받아내면서 겨울을 버티어낸다. 고작해야 잎을 두텁게 하고, 자세히 내려다보아야만 알 수 있는 잔털을 만들어서 잎에다 촘촘하게 붙였을 뿐이다. 그토록 어설프게 무장을 하고도 끄떡없이 겨울을 이겨낸다. 그래서 나도나물은 겨울에 돋보이는 풀이다. 특히 겨울의 끝자락인 음력 정월 대보름 전후로 날씨가 살짝 풀리기만 하면 재빠르게 별꽃처럼 생긴 꽃을 피우기도 한다. 옛날 사람들은 이렇게 겨우내 찬바람을 이겨낸 두터운 줄기를 뜯어다가 국을 끓여먹는다. 나도나물은 추위를 견디기 위해서 줄기가 뭉쳐 있기 때문에 캐기도 쉽다. 뿌리째 뽑는 게 아니라 줄기만 칼로 잘라내니까 다듬기도 편하고 한두 번만 물로 헹구어도 별 탈이 없다. 물론 이파리에 벌레 하나 없다. 다른 나물은 물에 삶으면 녹아버리거나 졸아들건만 이 풀은 전혀 그렇지 않다. 혀끝에 감기는 맛이 약간 칼칼하면서 쫄깃쫄깃하다.

토끼는 아이들이 재미로 키우는 경우가 많았다. 토끼는 겨울철이 되면 먹을 것이 없었다. 소처럼 지푸라기는 먹지 않았다. 천상 할머니가 엮어서 처마 기둥에다 말려놓은 시래기나 생고구마를 주어야 했다. 그것도 한계가 있었다. 시래기나 생고구마는 식구들이 먹는 곡식이었기 때문이다. 토끼를 키우는 아이들에게 이 나도나물은 참 고마운 풀이었다. 토끼는 나도나물을 참 좋아한다. 나도나물은 추위에도 강하고 비교적 흔해서 조금만 손을 놀리면 토끼들이 하루치 먹을 양을 뜯을 수 있었다.

"우리 고향에서는 꿩다발이라고 부르기도 하는데, 정월 대보름을 전후로 참 많이 먹었어요. 잘 모르는 사람들은 소리쟁이가 대표적

야생초
밥상

인 국거리라고 생각하는데 그렇지 않아요. 소리쟁이는 약간 쓴맛이 나기도 하기 때문에 좋아하지 않는 사람도 있어요. 그러나 이 나도나물국은 싫어하는 사람이 없었어요. 아이들도 좋아했거든요.”

“꿩다발이라는 말이 점나도나물이라는 말보다 더 예쁘네요. 아무튼 저도 한 오십 년 만에 먹어보는 것 같아요. 우리 고향은 충청돈데 어렸을 때 우리 집 밥상에 가장 많이 올라왔던 풀입니다. 봄날 내내 이걸 먹었어요. 나도나물만 들어간 국, 다른 풀이랑 같이 들어간 국. 어떻게 먹든 맛이 있었어요. 그리고 고향을 떠나면서 잊었다가 우연히 여기서 다시 만났어요. 이사하고 나서 집 주위를 돌아다보니 이런 풀들이 고물고물 살고 있더라고요. 그걸 보자 고향 동무

나물을 해먹으려면 이른 봄날 뜯어야
한다. 날이 더워지면 금방 줄기가 뻣뻣
해진다. 잔털이 많기 때문에 푹 삶아서
무쳐놓으면 더 맛있게 먹을 수 있다.
보리순, 개불알풀, 광대나물이랑 같이
데쳐서 나물로 해먹기도 한다.

를 만난 것처럼 반갑기도 하고…… 집들이 때 꼭 저것들을 밥상에 올려야지 하고 생각했어요. 집들이 날짜를 이렇게 늦춘 것도 저것들이 클 때까지 기다린 거예요. 남쪽이라면 벌써 뜯어다 먹을 수 있었을 텐데…….”

화가 선생님이 점나도나물이라는 풀이 손님을 접대하고 있는 것이라면서, 이제 땅에서 살아가는 것들이랑 웃음을 주고받을 수 있게 되었으니 더 진솔하고 아름답게 살아가겠노라고 하였다.

“사실 저는 고향을 뜬 뒤로 줄곧 도시에서만 살아왔고, 돌아다니다보니 뭔가 특별하게 잘 살아야 한다는 생각이 너무 강했던 것 같아요. 그러다가 남편이랑 이혼하고 자식들 결혼시키고 나니까 참 허무해지더라고요. 내 주위에 편하게 얘기할 수 있는 친구도 없고요. 이제 이곳으로 이사왔으니 저런 풀처럼 더불어 사는 법을 배우며 살고 싶어요. 사실 제가 나도나물이라는 풀을 유달리 좋아했던 것도요, 이 풀은 겨우내 혼자서 살아가지만 음식에 쓰일 때는 모든 풀이랑 다 어울려요. 혼자만 국에 들어가서 충분히 제 색깔을 드러내기도 하지만, 시금치랑 보리랑 소리쟁이 같은 다른 풀이랑 같이 들어가도 다 어울렸어요.”

그런 말을 들어서인지 나도나물국이 더 특별해 보이고, 온몸으로 겨울을 이겨낸 그 작은 생명체를 씹어 먹는 내가 복 받은 사람이라는 생각이 들었다.

해당화색반을 하려면 꽃잎을 말려야 한다.
말린 꽃잎으로 해당화차도 끓여먹는다.
은은하게 우러나는 연붉은 빛깔이 곱고 향기롭다.

세상에서 가장 특별했던 생일밥,
해당화색반

✳✳

해당화 : 해당화는 초여름에 피는 꽃이다. 주로 남부지방 해안 가에서 자생한다. 꽃이 예뻐서 옛날 사람들이 꽃차나 꽃밥을 해 먹었다. 해당화 열매에는 비타민 C가 다량 함유되어 있다.

그 집에는 마을에서 유일하게 네모진 우물이 있었다. 그 우물 옆에는 역시 마을에서 유일하게 해당화가 살고 있었다. 나보다 한 살 많았던 영희네 6대조 할아버지 때부터 있었다고 했으니까, 적어도 3백 살은 넘게 먹었다. 마을에서 그 해당화나무보다 나이가 많은 건 당산나무 딱 한 그루뿐이었다. 어쨌든 그 해당화나무는 어른들 팔뚝만큼 굵었고, 잔가시로 무장해 있는 가지를 선인장처럼 위로 옆으로 쭉쭉 뻗어내서 숨바꼭질할 때도 그 근처에는 접근할 수가 없었다. 그런데도 참새를 비롯하여 수많은 새들은 해당화나무를 즐겨 찾았고, 어디선가 뻐꾸기들이 요란해질 즈음부터 꽃이 피면 온 동네 사람들이 한 번쯤은 찾아와서 꽃구경을 하고 가는 곳이었다.

그렇게 여름이 한 걸음 성큼 다가오는 어느 날이면 영희가 우리 집에 와서 "내일 아침에 우리 할아버지 생신이라고 진지 드시러 오시랍니다!" 하고 다른 집으로 달려갔다. 나뿐만 아니라 모든 아이들이 영희 할아버지의 생신을 기다렸다. 생신떡 때문이 아니었다. 그 집에서는 어느 곳에서도 볼 수 없는, 옛날이야기에서나 나오는 독특한 밥이 나왔기 때문이다. 당시에는 그냥 쌀밥만 먹는 것도 귀했는데, 꽃처럼 예쁘게 지어진 해당화꽃밥이 나왔으니 어른이고 아이고 할 것 없이 "허허, 밥 한번 참 곱네!" 하여 한 수저 뜨고 냄새를 맡아보고, 또 한 수저 뜨면서 눈으로 이리저리 쳐다보면서 먹었다. 아이들도 마찬가지였다. "엄마, 우리도 이런 밥 해먹자!" 하고 말하면, 이건 귀한 밥이라서 아무 때나 해먹을 수 없다고 말했다. 다행히도 그 집은 항상 넉넉하게 꽃밥을 지어서 마을사람들이 배불리 먹을 수가 있었다. 그리고 집에 오면 어른들도 항상 꽃밥 이야기만 했다.

"이번에 먹은 꽃밥은 더 이쁘네. 불그스런 해당화꽃물이 밥에 잘 스며들어서 먹기가 아깝더군. 작년에는 향은 별로였는데, 올해는 향도 좋았고, 그나저나 그 많은 꽃밥을 해댈라면 보통 정성이 아닌데, 그 양반이 며느리복은 타고 나셨구먼. 며느리가 얼굴은 별로인데, 음식 솜씨는 최고야. 그러니까 속얼굴이 따로 있다는 말이 맞지."

"맞아요. 밥이 하도 이쁘고 맛있으니까 사람들이 반찬 이야기는 한마디도 안 해요. 그냥 밥만 먹어도 되겠습니다. 그렇게 꽃밥을 해

남쪽 바닷가에 사는 사람들에게는 고향의 누님 같은 꽃이다. 따뜻한 남쪽 바닷가에서
많이 자생한다. 한때 붉은 찔레와 혼동되기도 했다. 찔레는 꽃송이가 훨씬 작고 덩굴이다. 해
당화는 작은 벌레조차 붙지 못할 정도로 잔가시가 촘촘하고 곧은 나무이다.

놓으면 반찬 걱정은 안 해도 되겠어요."

어른들이건 아이들이건 할 것 없이 해당화꽃밥에 대한 이야기를 하다보면 장마구름이 밀려왔다. 그렇게 장마가 와야만 잊힐 정도로 그 꽃밥에 대한 인상은 강렬했지만, 내가 열한 살 때 갑자기 그 어른이 돌아가시자 더 이상 꽃밥을 먹을 수 없었다. 영희네 식구가 대도시로 이사를 하였고, 해마다 텅 빈 우물가에서는 해당화꽃이 피고 졌지만 그 누구도 그것으로 꽃밥 지을 엄두를 내지 못했다.

그리고 거의 40년 만에 해당화꽃밥을 먹으러 가는 길이었다. 우연히 평소 친하게 지내던 지인에게 그 이야기를 하였더니, "제가 해당화색반을 잘 짓는 분을 알고 있습니다. 담양에서 꽃차를 연구하시는 분인데…… 한 번 같이 가시죠." 해서 따라나서게 된 것이다. 꽃차 연구가인 정 선생님은 우리를 위해 모든 준비를 해놓고 있었다. 같이 간 지인이 꽃밥에 대해서 간단하게 설명을 해달라고 하자,

"요즘 유행하는 꽃비빔밥은 꽃을 생채소 개념으로 쓰는 거잖아요? 식용으로 재배하는 생꽃을 고명으로 올리는 것이니까요. 전통식 꽃밥은 생화를 쓰지 않아요. 꼭 말린 꽃을 써야 하고요, 그 꽃을 우린 물로 밥을 짓는 것이 포인트예요. 모든 꽃에는 독성이 있는데요, 조리과정을 통해서 먹으면 독도 영양이 될 수 있어요. 꽃도 익혀서 쓰는 게 기본이지요. 말렸다가 다시 열을 가해서 쓰면 가장 합리적인 방법이고요. 이렇게 하면 거의 모든 꽃을 무리 없이 먹을 수 있어요."

설명하면서 부엌으로 우리를 끌고 갔다. 그 선생님은 쌀을 씻어서 불리고, 말린 해당화꽃잎에 뜨거운 물을 넣어 차로 우려내서 밥물을 잡고, 해당화꽃잎을 적당량 섞어 소금으로 간하여 밥을 짓는 과정을 설명하였다.

"꽃밥에 꽃 자체가 다 들어가면 까끌까끌할 수 있으니까, 물로 우려내서 그 물로 밥을 하고, 나머지는 꽃잎을 넣어서 색을 내는 거예요. 밥이 끓었을 때 해당화꽃잎을 한줌 더 넣어서 뜸을 들이면 색깔이 더 예쁘게 들지요."

선생님이 이미 완성된 밥을 한 그릇 퍼주었다. 나는 대뜸 초등학

특별히 해당화꽃 향기가 밥에 강하게 배어 있지는 않다. 혀로 느끼는 맛보다도 눈으로 느끼는 맛을 더 중요하게 생각하는 음식이다.

교 동무를 만난 듯이 "바로 저거야!" 하고 탄식하면서 바라다보았다. 은은하게 물들어 있는 그 붉은 색깔이 먼 기억 속에서 번져 올랐다. 영희네 큰방 작은방 마루는 물론 부엌바닥까지 가득 찬 사람들이 "참말로 먹기가 아깝네. 우리가 복이네, 좋은 이웃 땜에 이런 밥을 먹어보고. 이런 밥은 임금님이나 드실 텐데……." 하고 정성껏 우물거리던 얼굴들이 가득 떠올랐다.

"이 붉은 빛깔 때문에 생일이나 백중 같은 특별한 날에 먹으면 재액을 막아준다고 믿었죠."

'아하, 그래서 영희 할아버지 생신날 꽃밥을 하였구나!'

"그런데 실제로 해당화에는 속을 따뜻하게 다스려서 여름철 배탈을 예방해주는 성분이 있어요. 약밥인 것이지요. 그래서 나이든 어른들이 좋아했어요. 해당화 성분 자체가 속을 따뜻하게 해주고 다스려주니까, 소화기능을 향상시켜준다고 하네요."

모든 꽃으로 밥을 하는 것은 아니었다. 주위에 흔하게 피는 꽃 중에서, 밥으로 만들었을 때 감칠맛을 더해주면서 우리 몸을 보호해주는 것이 꽃밥의 재료가 되었다.

"밥을 했을 때 밥이 한층 더 맛있게 느껴지는 꽃이 따로 있어요. 찹쌀을 넣지 않았는데도 윤기가 나고 감칠맛이 돌죠. 밥을 할 때 꽃잎과 함께 녹찻잎을 한두 개 섞기도 했어요. 녹찻잎은 감초 역할을 해서 단맛을 돋우는 효과가 있거든요"

몸에 좋다고 진하게 많은 양을 우려내서 밥을 하는 것은 금물이다. 약이 없던 시절, 계절별로 나오는 꽃을 말려놓았다가 필요할 때 조금씩 적절하게 먹는 조상들의 지혜를 엿볼 수 있다.

해당화꽃밥이 있으면 특별한 반찬이 필요 없다. 내가 그렇게 말하자 정 선생님은 "정말 해당화색반을 드셔보셨네요. 어린 시절에 드셨다면 그때는 진짜 특별한 음식이었을 거예요." 했다. "맞아요. 팥밥이나 찰밥처럼 밥만 먹어도 맛있었어요." 그런데 정 선생님이 뚝딱뚝딱 해당화꽃물김치까지 만들었다. 밥물이나 김치물을 해당화 우린 물로 만들고 꽃잎을 한 번 더 얹어주면 끝이다.

"이게 물김치하고 잘 어울리는 것 같아요. 신기하게도 해당화꽃 우린 물로 물김치를 담그면, 김칫국물도 쉽게 시어지지 않고 상큼한 맛이 오래 가요."

우리는 천천히 해당화꽃밥을 입안에다 밀어넣고, 그 모든 향과 맛을 음미하듯이 천천히 씹었다. 내게는 옛날 생각까지 더해져서 그 맛과 향이 더 깊게 배어들었다. 내 살 속으로 우물가에 가득 피었던 해당화의 유혹적인 빛깔과 향기 그리고 바람냄새까지 파고드는 것 같았다. 같이 간 지인들은 "맛있어요. 처음 입에 넣었을 땐 아무 맛이 없는 듯한데, 씹을수록 은은하게 향기가 퍼지네요. 그냥 쌀밥보다 더 쫀득하고 찰진 것이 씹히는 맛도 새롭네요." 하고 말했다.

"모든 꽃밥은 이렇게 찰기가 돌더라고요. 어렸을 때 가마솥에서 했던 밥맛, 그런 느낌이 나요."

정 선생님도 꽃밥을 먹을 때마다 새로운 맛이 난다고 하면서, 단

해당화 말린 꽃잎을 넣어 만든 물김치. 해당화꽃물로 물김치를 담그면
김치국물도 쉽게 시어지지 않고 상큼한 맛이 오래 간다.

꽃도 예쁘지만 줄기에 여름내 달려 있는 옹배기 모양의 열매도 볼 만 하다.

맛이 없어서 아무래도 아이들보다는 어른들이 더 좋아하는 음식이 었다고 하였다.

해당화꽃밥을 먹다보니 새삼 해당화의 붉은 열매가 떠오른다. 어린 시절에는 그걸 따서 씨앗을 발라낸 다음 피리를 만들어서 불었다. 얼마 전에 고향집에 가보니 해당화나무가 울타리 근처에 많이 심겨 있어서 "왜 저걸 심었어요?" 하고 물었더니, 어머니의 대답이 걸작이다. "말도 마라. 해당화 열매가 비타민 C가 풍부하고, 당뇨뿐만 아니라 간, 위 등 몸에 좋다고 텔레비전에 나왔단다. 여기 사람들 난리 났다. 시방 해당화 심는 굿이다! 저게 그렇게 몸에 좋대." 하고 해당화 예찬을 하는데 괜히 쓴웃음이 나왔다. 앞으로 해당화도 한바탕 홍역을 앓겠구나!

야생초
밥상

매화향이 나는 것 같았던
광대나물

✳✳

광대나물 : 주로 남부지방에서 나물로 해먹었다. 중부지방에서
는 4월 중순이 넘어야 광대나물을 볼 수 있다. 점나도나물이랑
같이 뜯어다가 나물로 해먹으면 더 맛있다. 말린 광대나물꽃차
는 약간 신 듯하면서 단맛이 있다.

눈을 떴다. 무언가 내 몸으로 다가오는 것이 느껴졌다. 매화향이
었다. 문풍지 틈으로 들어온 햇살도 한 뼘 한 뼘 내 얼굴로 올라오
고 있었다. 나는 팔을 뻗어 문을 열었다. 방문 앞에는 가지가 단순
한 매화나무가 붉은 꽃망울을 터뜨리고 있었다. 나무는 늙었어도
꽃향기는 청춘이었다. 그건 인간이 가질 수 없는 그만의 황홀한 능
력이었다. 나는 어젯밤 20년 만에 만난 후배를 따라 이 집 마당으
로 들어서면서도 이런 풍경을 전혀 예상하지 못했고, 녀석의 신랑
이랑 안채 마루에서 술을 주고받았는데도 저 매화향을 전혀 느끼
지 못했다.

나는 방문 앞에 엎드려서 다시 눈을 감았다. 이런 맛을 느껴보려

아이랑 집 근처에서 나물을 뜯으며 놀았다.
광대나물, 별꽃, 개불알풀, 나도나물, 갈퀴덩쿨이다.
그걸 무쳤더니 아이가 비벼먹자고 한다.
양푼에 모든 나물을 몰아넣고 비벼서 온 식구가 나눠먹었다.

고 옛날 선비들은 까탈스럽게 고른 매화나무를 심어놓고 벗이 되려고 애를 썼는지도 모를 일이다. 매화향이 점점 더 짙어지고 참새들의 재잘거림도 더 요란해질 즈음이었다.

"어메에, 해수네 귀한 손님이 오셨는가? 밤사이에 홍매화가 만개해버렸네. 저 나무는 예로부터 귀한 손님을 알아본다고 했는데……."

"예, 제가 좋아하는 선배님이 오셨어요. 그나저나 새벽부터 어쩐 일이세요?"

"친정언니가 먹고 싶다고 해서 광대나물 뜯으러 왔어. 광대나물이야 다른 밭자락에도 천지지만, 해수네 돌담 밑에서 자라는 것이 제일 탐스럽고 고와. 햇살이 잘 들고, 찬바람이 비켜가는 곳이라서 한겨울에도 여기서는 광대나물들이 굿하고 난리치지."

마당에서 발원하는 매화향이 들로 산으로 퍼져나가건만 그림이나 시 한 수 읊조려줄 선비들은 간 데 없고 그렇게 농사를 업으로 선택한 두 여인네가 다정하게 속삭이고 있었다. 돌담 너머로 호리호리한 후배의 뒷모습만이 잡혔다.

"진짜 여기 많네요. 하이고야, 꽃이 너무 예쁘네요. 꽃밭 같아요."

"참말로 꽃밭이 따로 없네. 나도 삼십 년 전에 이 마을로 와서 들었네. 자네네 돌담 밑에 나는 광대나물이 가장 맛있다고 시어머니가 알려주더만. 한겨울 눈이 내렸을 때도, 눈만 녹으면 그 사이로 광대나물을 뜯을 수가 있었다네. 마을에서 살다 간 거의 모든 사람들이 여기서 자란 광대나물 뜯어먹었을 것이네."

"와, 광대나물들의 역사가 새겨진 담장이네요. 근데 보기에는 좀 질겨 보이네요?"

"안 그래. 사람으로 치자면 추위를 견뎌내려고 내복이다 잠바다 하고 다 껴입은 것이나 마찬가지여. 옷 많이 입는다고 속까지 단단해지지는 않는 법. 저 광대나물도 똑같지. 추운 겨울을 땅바닥에서 버텨야 하니까 줄기가 굵고 질겨 보일 뿐. 살짝만 데쳐도 유들유들 부드러운 나물이 된다네. 지금 나는 풀은 추위 때문에 독도 없어서 맘대로 뜯어다 먹어도 돼."

"왜 독이 없어요?"

"풀들은 자기들 뜯어먹는 벌레나 짐승들 이겨내려고 독을 만들제. 그래서 벌레들이 많은 여름이나 가을에 나는 풀들이 독이 있지, 겨울이나 봄풀은 독이 없어. 특히 겨울풀은 없어. 벌레들이 없으니까. 그래서 이파리가 깨끗하고 맘놓고 먹어도 되는 것이지. 예로부터 겨울을 난 풀은 산삼보다 더 좋다고 했어. 그만큼 건강한 풀이라는 뜻이지. 병든 풀이나 안 좋은 풀들은 추위에 견디지 못하고 다 죽어버려. 살아서 추위를 견디어낸 풀들은 건강한 풀들이야. 그렇게 건강한 것을 먹어야 사람도 건강하지. 요새 하우스에서 나는 채소들하고는 비교를 할 수가 없어. 이건 약이야."

"진짜 그러네요. 그럼 많이 뜯어서 가세요."

"먹는 사람이 있어야 해먹지. 막상 봐도 손이 안 가. 누가 일부러 해달라고 하면 모를까. 몸에 좋은 줄 알면서도 귀찮아서. 집에 애

야생초
밥상

꽃송이 밑에 있는 이파리가 광대들이 입는 옷을 닮았다고 하여
'광대나물'이라고 한다. 추운 겨울에도 꽃이 필 정도로 강한 풀이다.
꿀풀과의 풀 중에서 가장 먼저 꽃이 핀다.

기들이 바글바글하고, 누군가 막 배고프다 하면서 졸라대고 해야 이것저것 신경 써서 만들 궁리가 생기는데…… 날마다 혼자 먹는 밥이 무슨 맛있겠는가? 끼니도 대부분 회관에 가서 마을 사람들하고 같이 먹고 말지. 저번에 한 번 누가 회관에 광대나물을 무쳐왔더라고. 그것 가지고 큰 양푼에다 넣고 비벼서들 잘 먹은 적이 있어."

"꽃 핀 것도 뜯어다 먹을 수 있어요?"

"오히려 더 좋지. 살짝 데치면 꽃색깔이 살아 있거든. 그걸 먹으면 기분이 더 좋지. 워낙 한 곳에서 모여서 나기 땜에 뜯기도 좋아. 요렇게 따뜻한 곳에 자리잡고 앉아서 잠깐만 손을 꼼지락거리면 한 끼 밥상을 푸짐하게 차릴 수가 있어. 사방에 흔하니까 욕심 부려 많이 뜯어놓을 필요도 없고. 필요할 때마다 조금씩 뜯어다 먹으면 된다네. 들나물이란 고런 재미로 뜯어먹는 것이지. 먹고 싶을 때마다 싱싱한 것들을 언제든지 뜯어다 먹을 수 있는 재미! 이 나물을 뜯을 때는 연장도 필요 없어. 그냥 손으로 검불이 들어가지 않도록 가지런히 뜯으면 돼. 제법 길쭉길쭉하게 뜯어도 돼. 냉이는 씻기가 보통 번거로운 것이 아닌데, 이건 줄기도 깨끗하니 손이 갈 것이 없어. 특별히 맛이 강하지 않아. 쓴맛이 있다거나 신맛 혹은 떫은맛이 있다거나 하지 않아. 그래서 아이들이 좋아하는 나물이야. 국거리도 좋지만 나물로 해야 더 맛있다네. 우리 친정언니가 요것을 좋아했어. 치매로 정신이 오락가락하는데도 해마다 봄만 되면 요 나물타령을 한다네."

야생초
밥상

광대나물은 추울 때 뜯어다가 나물로 무쳐야 가장 맛있다. 그래야 줄기도 담백하다.
전혀 쓴맛이 없다. 어떤 양념을 해도 다 무난하다.

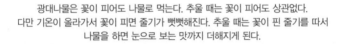

광대나물은 꽃이 피어도 나물로 먹는다. 추울 때는 꽃이 피어도 상관없다.
다만 기온이 올라가서 꽃이 피면 줄기가 뻣뻣해진다. 추울 때는 꽃이 핀 줄기를 따서
나물을 하면 눈으로 보는 맛까지 더해지게 된다.

나는 은연중에 다시 잠이 들었다가 밥 먹자고 깨우는 후배의 목소리에 놀라 눈을 떴다. 나는 마당으로 나가서 그 늙은 매화나무에게 "당신은 늙어갈수록 예쁜 꽃을 피우고 깊은 향기를 내뿜어내니 참으로 부럽소!" 하고 중얼거리다가 깜짝 놀라면서 뒤돌아보았다. 뒤에서 누군가 인기척을 냈다.

"아따아 오랜만에 매화나무한테 말 거는 사람이 왔네. 그러니까 저것이 어제 저녁에 갑자기 꽃몽우리를 터뜨리고 난리였구만. 이런 양반이 오실 줄 알고……."

조금 전 후배랑 도란거리던 그 목소리임을 알 수 있었다. 그런데 눈앞에 서 있는 여인은 도무지 나이를 가늠할 수 없는 얼굴이었다. 청바지 차림에 키가 작은 여인이 나를 보고 있었다. 내가 엉거주춤 인사를 하자 그녀는 송아지처럼 큰 눈망울을 굴리면서 약간 수줍게 웃었다.

"광대나물 좀 무쳐왔는데, 손님 입맛에 맞을지 모르겠소. 하도 해수 엄마가 손님상에 올릴 반찬이 없다고 하기에……."

그러면서 복숭아꽃이 수놓아진 상보에 덮인 작은 함지박을 내밀었다. 내가 주위를 두리번거리면서 받자 어느새 후배가 뛰어오더니 고맙다는 말을 세 번이나 되풀이했다. 후배는 그 여인이 주물럭거린 광대나물을 대뜸 집어 입안으로 몰아넣고는 "형, 오늘 복받았네. 나는 이렇게 맛있는 반찬 못 해. 저 아주머니가 우리 동네에서 가장 음식을 잘하시는 분이야. 이것만 있으면 오늘 아침밥상은 걱정 없

겠네." 하고 좋아했다. 나는 대체 그분의 연세가 어떻게 되냐고 물었다. 후배는 씩 웃었다.

"몇 살쯤 돼 보이는데? 오십? 허허허, 낼 모래 칠순이라네. 진짜야. 저분 자식이 나보다 나이가 더 많아. 얼굴도 동안이지만, 옷차림도 아주 젊어. 시골에서 저 연세에 청바지 입고 다니는 사람 없을 거야. 생각하는 것도 젊고……."

나는 밥상 앞에 앉아서 광대나물을 씹어 먹으면서도 자꾸만 그 여인이 떠올랐다. 광대나물에서 그 여인의 향기가 나는 것 같았다. 이런 느낌을 가져보기도 처음이었다. 마당에 서 있는 매화나무랑 돌담 아래서 자기들만의 집성촌을 이루며 어우렁더우렁 살아가고 있는 광대나물들이랑 역시 나이를 가늠할 수 없는 그 여인이 하나의 생명체로 느껴졌다.

"그 아주머니가 그러대. 이 나물 이파리가 광대들의 옷하고 비슷하다고 해서 광대나물이라고 부른다고. 형도 시골에서 이 나물 먹어봤어?"

"우린 코딱지풀이라고 불렀어. 꽃모양이 코딱지 같다고 해서. 아마 광대나물이라는 말은 외국학자들이 붙인 말일 거야. 그런 말을 하시는 것 보니, 그 아주머니가 참 대단하네. 나도 어지간한 나물을 다 먹어봤는데, 이건 처음이야. 하도 흔해서 잘 먹지 않았던 것 같아. 근데 이 나물은 씹으면 씹을수록 매화향이 나는 것 같네. 아, 너무 행복해."

"모내기철이 되면 <u>스스로</u> 말라서 죽어가지요.
그걸 갈아엎으면 자연스럽게 퇴비가 돼요.
그래서 농부들이 늘 고마워하는 풀이었어요."

⑦

뚝새풀도 음식이 되어
밥상에 올랐다

✱✱

~~~~~~~~~~~~~~~~~~~~~~~~

뚝새풀 : 뚝새풀은 주로 습기 많은 논에서 자란다. 이른 봄부터 싹을 내밀었다가 초여름이면 스스로 시들어버린다. 그 무렵이면 논농사가 시작되는데, 뚝새풀은 땅을 비옥하게 하는 퇴비가 된다.

마을 사람들이 땅 400여 평을 공동경작하기로 했다. 땅은 세 개의 다랑이논으로 되어 있었다. 그중 맨 위에 있는 작은 터는 밭작물에게 배려하기로 했고, 나머지 두 다랑이는 논의 터줏대감인 벼들에게 물려주기로 의견을 모았다.

최악의 황사가 물러나자 가을처럼 파란 하늘이 드러났다. 공동경작을 하기로 한 네 집에서 나온 어설픈 농부들이 그 파란 하늘만 보아도 신이 난다는 표정이었다. 몇 년간 인간의 간섭을 받지 않았던 그 땅에서는 부들을 비롯하여 골풀 같은 풀들이 강력한 뿌리로 저항하고 있었다. 초보일꾼들이 그들 특유의 깡다구에 당황했지만, 시간이 지나자 조금씩 요령을 터득한 일꾼들의 공세를 풀들은 이겨내지 못했다.

들밥이 나왔다. 일꾼들은 오랜만에 논두렁에 둘러앉아 고시레까지 하고 들밥을 맛있게 나눠먹었다. 다들 하루하루의 삶이 힘든 얼굴이었으나 오늘만큼은 저 하늘처럼 맑고 행복해 보였다. 이제 오후에는 두둑을 만들고 채소 씨앗을 뿌리기로 했다. 그런데 두둑을 만들려고 하니까 바닥에 융단처럼 깔린 파란 풀들이 눈에 들어왔다. 뿌리가 깊은 풀들을 제거하고 나니까 그제야 작은 풀들이 눈에 들어왔던 것이다.

잡초 중에 잡초로 알려진 뚝새풀은 아주 어린 풀을 국거리로 쓴다. 눈 녹은 땅에서 고물거리는 어린잎을 뜯어다 넣고 된장을 풀어서 끓이면, 은은한 풀 맛과 담백한 국물 맛이 입안을 황홀하게 한다.

야생초
밥상

국거리로 쓰이는 뚝새풀 어린순이
다. 하도 줄기가 가늘어서 눈 밑에
있으면 잘 보이지도 않는다. 아무
리 갖은 양념을 해도 느낄 수 없는
자연의 맛을 전해주는 풀이다.

"이건 무슨 풀이지요?"

우리 중에서 가장 나이가 어린 신 씨가 물었다. 내가 뚝새풀이라
고 대답했다.

"이것도 다 뽑아야 하나요?"

"모 심을 거면 그냥 둬도 되지만 밭농사해야 하니까 다 뽑아내야
지요. 안 뽑고 씨앗 뿌리면 싹이 트지도 못할 겁니다. 이것들이 씨
앗을 가만 두지 않겠지요."

"와아, 이 많은 풀을 어떻게 뽑아내나요? 저기 논두렁 주위에도
많네. 여기는 다른 풀 때문에 많이 자라지 못했네요. 논두렁에 있는
풀들은 통통하게 알까지 뱄네요."

새로 이사 온 박 씨가 대답했다.

"그 속에 이삭이 들어 있어요. 그게 나오면 고춧가루 같은 꽃가루
가 붙어 있어요. 우린 그걸 고춧가루풀이라고 불렀어요. 여자아이
들은 그걸 뽑아다 소꿉놀이할 때 썼지요. 그걸로 김치 담는 놀이를

했으니 지금 생각해봐도 근사한 놀이였어요. 어른들은 뚝새풀이라
고 불렀어요."

창백할 정도로 하얀 얼굴이 흙 한 번 만져보지 않은 것 같아서
다들 박 씨를 보고 놀라는 눈치였다. 우리 중에서 가장 나이가 많은
원 씨도 한마디 하였다.

"우리 고향에는 독새풀, 독사풀이라고 합니다. 우린 이걸로 국을
끓여먹었어요. 보리순처럼 어렸을 때 캐서 국을 끓여먹었는데 맛이
괜찮았어요. 순이 부드러워서 먹을 만했죠. 이거랑 다른 나물을 같
이 넣어서 끓이면 더 맛있어요."

"우린 씨죽을 끓여먹었는데요. 고무신을 벗어 뚝새풀을 훑으면
작은 씨앗이 가득 찼어요. 그렇게 모은 걸 잘 말렸지요. 그걸 물에
불려서 갈아 쌀에다 넣어 끓이면 뚝새풀씨죽이 돼요. 물론 아주 가
난했던 시절에 먹은 음식이지만, 지금 생각해봐도 근사한 음식 같
아요. 입안에서 생선알처럼 터지는 느낌이 참 좋았어요."

나는 원 씨와 박 씨를 다소 놀라는 눈빛으로 보면서 말을 하였다.

"헐, 우리 고향에는 알밴 것을 베어다가 밀가루나 보릿가루에 풀
어서 죽을 쒀먹었는데…… 세상에 어린순으로 국을 끓여먹고, 씨앗
으로 죽을 쒀 먹었다니…… 새삼 이 풀이 우리 인간에게 얼마나 고
마운 풀이었나 하는 생각이 드네요. 우리는 이걸 독째기라고 불러
요. 모내기철이 되면 스스로 말라서 죽어가지요. 그걸 갈아엎으면
자연스럽게 퇴비가 돼요. 그래서 농부들이 늘 고마워하는 풀이었

 이삭에 달린 씨앗을 받아서 볶아먹거나 죽을 쒀먹는다. 씨앗을 볶으면 참깨처럼 고소해서 아이들의 훌륭한 간식이 되었다.

뚝새풀 씨앗을 물에 불렸다가 쌀이나 조를 넣고 죽을 쑨다. 뚝새풀 씨앗죽은 까끌거림이 없고 입안에서 톡톡톡 터지는 감촉이 별미다.

어요. 지금 우리처럼 논에다 밭작물을 재배하려다보니 서로 갈등이 생겼지만요. 어쨌든 이건 잡초거든요. 그래서 저 어렸을 때도 진짜 가난한 사람들만이 가끔씩 뜯어다 죽을 쒀먹었는데, 다른 지역에서도 이것으로 음식을 해서 먹었군요."

내 말에 원 씨와 박 씨도 놀라고 다른 사람들도 놀라는 눈치였다. 신 씨가 입을 열었다.

"이야기 들어보니 참 고마운 풀이네요. 말 나온 김에 오늘 저 풀을 뜯어다가 여러 가지 음식이나 해서 먹어보지요. 아까 뭐랬죠? 독쌔기죽이라고 하셨나요? 도대체 이런 풀이 어떻게 국이 되고 죽이 되는지 모르겠지만요."

다른 사람들도 그러자고 나섰다. 그래서 우리는 연장을 아무 데
나 팽개치고 뚝새풀을 베기 시작했다. 다행히도 그곳에는 어린 뚝
새풀과 알이 통통하게 밴 뚝새풀을 다 찾을 수 있었다. 다만 뚝새풀
이 익지 않아서 씨죽은 다음 기회에 해먹기로 하였다.

"아무리 봐도 이건 그냥 풀인데…… 어디 먹어볼까?"

신 씨는 고개를 갸우뚱하며 뚝새풀을 뜯어 씹어보기도 하였다. 다
른 사람들도 마찬가지였다. 특히 여자들이 더 민감하게 반응하였다.

"오, 이거 보기보다 부드럽네요. 통통하게 알밴 것을 씹어보니 단
맛이 나요. 속에 부드러운 이삭이 들어 있네요. 그걸 씹으니까 먹을
만해요."

"어린 풀도 씹을 만하네요. 진짜 쓴맛은 하나도 없고 온통 풀냄새
뿐이네요. 이걸로 국을 끓이면 무슨 맛이 날까? 맛은 몰라도 국물
색깔은 기가 막히겠네요."

다들 그렇게 나름대로 상상을 하면서 신 씨네 집으로 몰려갔다.

먼저 국부터 끓이기로 하였다. 요리는 원 씨가 맡았다. 쌀뜨물을
받아서 어린 뚝새풀이랑 같이 넣고 끓였다. 된장만 살짝 풀었다. 그
특유의 맛을 보기 위해 다른 양념은 하지 않기로 했다. 뚝새풀의 어
린 풀이 물러지면서 연한 초록색 국물이 우러났다. 구수한 냄새가
번졌다. 신 씨가 와서 보더니 매생이국 같다고 하였다. 워낙 단순한
음식이라 시간이 오래 걸리지 않았다. 다들 식탁에 앉아서 국맛을

보았다.

"와아, 구수하네요. 진짜 아무것도 안 넣었어요?"

다들 그와 비슷한 말을 한마디씩 하였다. 그만큼 구수했다. 풋내는 전혀 나지 않았다. 물론 쓴맛도 나지 않았다. 몇 번을 내려다보아도 단순한 잡초처럼 보이는 저 풀이 이렇게 깊은 국물맛을 낸다는 사실이 믿어지지 않았다. 원래 뚝새풀은 2월 말이나 3월 초 갓 땅에서 돋아나는 것을 뜯어다가 끓여먹어야 한다고 했다. 그러면 줄기도 훨씬 부드럽고 국물맛도 더 진하다고 했다. 그래서 그런지 뚝새풀 줄기가 약간 질기다고 한 사람도 있었고, 약간 질긴 질감이 보리순을 씹는 것처럼 오히려 먹을 만하다고 말하는 사람도 있었다. 나도 보리순을 씹는 느낌이었다. 이걸 더 맛있게 먹으려면 뚝새풀국에다 냉이나 나도나물 같은 국거리 풀들을 넣으면 된다. 취향에 따라 뚝새풀 이파리는 국물만 내고 건져낸 다음 다른 국거리를 넣어서 끓여도 된다. 어쨌든 뚝새풀 국물 맛은 모두의 입맛을 사로잡았다.

뚝새풀죽을 끓일 때는 내가 나섰다. 알밴 뚝새풀을 잘 다듬어서 잘게 썰어 물에 넣고 끓였다. 그걸 보고 다른 사람들이 소 여물 같다고 웃어댔다. 실제로 여물냄새가 났으며, 모양도 여물 같았다.

"맞아요. 소여물이나 다름없지요. 이런 음식은 극한 상황에서 먹었으니까요. 겨울을 나고 진짜 먹을 게 없을 때 먹는 거예요. 그래도 밀가루나 보릿가루를 적당히 뿌려서 같이 끓인 뚝새풀죽은 맛

야생초
밥상

어린 뚝새풀만 뜯어다가 푹 끓이면 깊고 담백한 맛이 난다.
그 국물로 국수나 수제비를 해먹기도 한다.

뚝새풀을 잘게 썰어 보릿가루나 쌀가루와 섞어 오래 끓이면
수프처럼 담백한 죽이 된다. 연한 풀일수록 좋다.

있는 거예요. 그냥 뚝새풀만 끓여서 먹기도 하니까요. 전 얼마 전 탈북자들을 몇 분 봤는데, 그중 한 분이 지금도 북에서는 봄이면 뚝새풀 같은 풀을 뜯어다 풀죽을 해먹는다고 하더라고요. 이게 줄기 속에 이삭이 들어 있어서 다른 풀보다는 곡기가 있는 거지요. 옛날 에는 전쟁이 나거나 흉년이 들거나 하면 이런 풀들이 사람들의 목 숨을 연장시켜주었지요."

국을 끓일 때보다 더 오래 뚝새풀을 삶은 다음 거기에 밀가루를 살짝 뿌려서 주걱으로 저었다. 그러자 풀내와 밀가루가 섞여 수프 같은 죽이 되었다. 물론 아무런 양념도 하지 않았다. 그걸 처음 먹 어본 신 씨는 도저히 먹지 못하겠다고 하였고, 원 씨와 박 씨는 뚝 새풀이 조금 질겨서 그렇지 먹을 만하다고 하였다. 이거라도 먹지 않으면 생명의 위협을 느끼는 절대적인 순간이라면 아주 맛있을 것이라는 게 공통적인 평이었다.

"저는 이 풀맛이 참 좋네요. 이처럼 자연 그대로의 맛을 느낄 수 있는 음식이 몇 가지나 될까요? 저도 새삼 뚝새풀을 다시 생각하게 됩니다. 조만간 뚝새풀씨죽도 해먹자고요. 그건 이것보다 더 맛있 어요. 뚝새풀 씨앗을 받아서 물에 불려서 죽을 쒀먹기도 하고, 볶은 다음 그걸 갈아서 쌀가루와 섞어 죽을 쑤기도 해요. 요즘은 그게 아 주 고급스러운 음식이 되었어요."

우리는 원 씨의 말을 들으면서 최대한 천천히 뚝새풀 특유의 풀 맛을 음미하면서 씹어 삼켰다.

"이 싸래기꽃은 풀이 아니라 나무가 아닌가?
그러니까 몇십 년을 살았을 거고, 뿌리가 땅속
수만 리까지 뻗어가서 온갖 좋은 양분을
다 빨아마셨을 게야. 그러니 몸에 좋을 수밖에."

8

나물은 나무에서 사는 새싹이
가장 맛있는 것이야!

✳✳

조팝나무 : 조팝나무는 땅속뿌리에서 솟아오르는 줄기를 따야
부드럽고 순하다. 생으로 무쳐먹을 수도 있다. 꽃이 핀 뒤에도
줄기가 땅에서 솟아오른다.

그 할머니는 마을에서 가장 뚱뚱했다. 게다가 아이들이 '고래할머
니'라고 부를 정도로 그 할머니의 몸에서는 생선 비린내가 역하게
풍겼다. 고래할머니는 나물반찬을 싫어하는 사람으로도 유명했다.

"사람이 오래 살려면 바다 생선 그중에서도 등푸른생선을 많이
먹어야 써. 그까짓 나물들 많이 먹어봤자 소용없는 것여. 나물이란
풀 아닌가? 흔하디흔한 풀 말여. 풀 잎사귀를 뜯어먹는 것인디, 그
것이 뭔 영양가가 있겠어? 만약 저 풀들이 그렇게 몸에 좋으면 남
아나겠는가? 그렇게 돈 많은 사람들은 앞다퉈 좋은 생선을 사먹제,
누가 나물을 사먹는가? 옛날 임금이나 양반들이 좋은 생선은 알아
줬어도 나물들을 알아줬다는 말 들어본 적 있는가? 풀은 그냥 풀일

소박한
밥상의 풍요

뿐이여. 없는 사람들이나 먹는 것이여."

고래할머니네 밥상에서는 늘 생김이 다른 생선들이 온갖 예우를 받으며 모셔졌고, 대신 나물 족속들은 묵은 김치를 빼고는 누구도 감히 기웃거릴 수가 없었다. 한번은 고래할머니가 우리 집에 오셨다가 "이리 와서 밥 한술 뜨세요." 하는 우리 할머니의 눈빛을 받고는 송아지처럼 큰 통방울을 옆으로 굴리더니, "오메에! 밥상에서 배암 나오겠네. 저것이 사람 밥상이라요, 소새끼 밥상이라요?" 해서 식구들을 한바탕 웃게 한 적이 있었다.

고래할머니는 그런 사람이었다. "저 고래할매는 나물을 먹지 않아서 저렇게 뚱뚱한 거야!" 아이들은 누구나 그렇게 생각했고, 동네 개들도 그렇게 생각했고, 어른들 생각도 비슷했다. 그런 고래할머니가 봄마다 애지중지하면서 뜯어다 먹는 나물이 딱 한 가지 있었다.

고래할머니네 집 뒤란에는 집주인하고 달리 빼빼 마른 싸래기꽃들이 서로의 어깨를 맞대고 자기들만의 집성촌을 이루며 살고 있었고, 그 집성촌이 자연스럽게 인간의 집과 집의 경계를 알리는 울타리가 되었다. 그 덕분에 고래할머니는 철마다 애써 울타리를 치고 엮는 헛품을 들이지 않아도 되었다. 어찌하여 그곳이 싸래기꽃들의 집성촌이 되었는지 그건 알 수 없으나, 고래할머니는 그 족속들을 절대 건드리지 않았고 "너희들 맘대로 여기서 살아라. 대신 우리 울타리 노릇만 해줘라!" 하는 식으로 그들을 인정하였다. 싸래기꽃들도 그런 고래할머니의 속을 맥짚었는지 그 집의 경계에서만 세력을 이루었으며 충실하게 울타리 노릇을 했다. 그래서 봄만 되면 고래할머니네 싸래기꽃 울타리는 십 리 밖에서도 보인다는 농담이 나올 정도로 근사한 꽃장터가 섰다. 벌 한 마리 앉아 있을 여백조차 없이 다닥다닥 흰 꽃이 북새통을 이룬 그 줄기를 보고 사람들은 "참말로 싸래기가 터진 것처럼 꽃이 피었구먼." 하고 말했다. 마을 사람들은 그 꽃은 싸래기꽃 혹은 튀밥꽃이라고 불렀다. "우리 울타리를 보려고 십 리 백 리 밖에서 사는 까치도 찾아와서 난리요, 난리!" 고래할머니도 만나는 이웃들에게 애써 인사하면서 마치 보물을 많이 가지고 있는 아이 같은 표정으로 자랑을 하였다. 그러고는 싸래기꽃 울타리 뒤에 앉아서 무엇인가를 뜯었다.

"거기서 뭐해요? 나물도 드시지 않으면서 나물을 뜯을 리는 없고라?"

그걸 본 동네 사람이 물으면, 고래할머니는 그 육중한 몸을 일으켜서 흔들흔들 흔들면서 손에 쥔 파릇한 싸래기꽃 새싹을 내보였다.

"나물이네. 싸래기꽃 나물이네!"

"아니, 할매도 나물을 드세요? 나물이라면 금가루를 뿌려놓아도 쳐다보지 않는다고 들었는데…… 별일이네요."

"이것만 먹는다네. 내가 나물을 많이 먹어보지는 않았지만, 나물 중에서는 싸래기꽃 나물이 최고일세. 이 나물은 독이 없어서 언제든 먹을 수 있지만 더 크면 쓴맛이 강해진다네. 나는 이 나물에서 나는 쓴맛이 고소해서 좋아하제. 쓴맛을 싫어하는 사람들은 데쳤다

조팝나무 햇순은 줄기와 땅속뿌리에서 돋아난다. 나물로 해먹을 순은 땅속에서 돋아나는 걸 뜯어야 연하고 쓰지 않다. 땅에서 솟는 새순은 줄기에서 나는 것보다 굵고 통통하지만 훨씬 연하다. 그냥 생으로도 무쳐먹을 수 있다.

가 한두 시간 물에 우려내면 쓴맛이 없어진다네. 나는 그런 맹숭맹숭한 맛은 별로지만 다 사람 취향대로 먹는 것 아닌가? 그래서 이 나물은 사람취향대로 해먹을 수 있는 것이라네. 이 나물은 이렇게 막 순이 나왔을 적에 뜯어야 하네. 그래야 순이 야들야들 순하고 맛도 부드러워. 나물은 이렇게 나무에서 나는 새순이 최고라네. 생각해보게. 자네들이 잘 먹는 곰밤부리(별꽃)며 광대나물 같은 것을 보면 고작 해야 뿌리가 한 뼘도 안 되제. 그런 풀에 무슨 영양가가 있겠는가? 이 싸래기꽃은 풀이 아니라 나무가 아닌가? 그러니까 몇

조팝나무 순은 쓴맛이 있으므로 충분히 데
쳐서 무쳐먹는다. 삶아서 말렸다가 묵나물
로 해먹으면 전혀 쓴맛이 없고 아련한 단
맛이 혀끝을 사로잡는다.

십 년을 살았을 것이고, 뿌리가 땅속 수만 리까지 뻗어가서 온갖 좋은 양분을 다 빨아마셨을 것 아닌가? 그러니 몸에 좋을 수밖에 없제. 알겠는가?"

한해살이인 풀은 영양가가 없으며 여러해살이인 나무에서 뜯은 새순만이 진정한 나물이라는 고래할머니의 말에 대다수 마을 사람들은 적절하게 반박을 하지 못했다. 또한 나물은 독이 있어서는 안되며 모든 초식동물들을 비롯하여 온갖 벌레들이 거침없이 물어뜯어야만 좋은 풀이라고 하였다. 초식동물이나 벌레야말로 인간들보다 더 나물에 대해서 잘 안다고 하였다. 그러니 조금이라도 몸에 해로우면 뜯어먹지 않을 것이라고 했다. 싸래기꽃 새순은 소와 염소는 물론 토끼들이 좋아했으며, 쐐기를 비롯하여 여러 종류의 벌레들이 즐겨 먹었다. 그러니 엄청 몸에 좋은 나물이라는 논리였는데, 이상하게도 마을사람들은 그 억지스러운 고래할머니의 편견에 적절하게 반박하지 못했다. 나물이라고는 딱 한 가지만 입에 올리니까, 그야말로 나물편식자인 셈인데도 마을사람들은 그 할머니를 대놓고 반박하지 않았다. 그냥 인정해주었다. 고래할머니는 가지런하게 뜯어온 싸래기꽃순을 바가지우물 앞에서 씻었다. 근처에 누군가 있으면 "이것은 씻기도 편해서 좋아. 땅에서 뜯은 나물들은 당최 씻기가 거추장스러워서 못 먹겠어. 참 순이 이쁘기도 하지." 하고 혼자 고시랑거렸다.

싸래기꽃 나물은 봄날이면 거의 모든 집 밥상에서 대여섯 끼 정도는 책임지는 비중 있는 나물이었다. 밥상에 올라올 반찬이 없다고 생각되면 달려가서 뜯어다가 살짝 데쳐서 무쳐놓으면 근사한 반찬이 되었다. 고래할머니의 말처럼 뜯기도 다듬기도 수월했으며 씻을 때도 성가시게 하지 않아서 부엌살림을 하는 여자들 입장에서 보면 여러 가지로 만만한 나물거리였다. 그렇다고 그 맛을 만만하게 평가절하하는 사람은 없었다. 귀한 손님이 올 때도 당당하게 밥상에 올라 식욕을 북돋아주었고, "이 쌉쌀한 나물이 뭔가요? 독특하네요!" 하는 말을 꼭 듣는 나물이었다. 그러면 할머니는 뒤란 쪽을 손가락질하면서 "집 뒤에 하얗게 핀 꽃나무 순이라네." 하고 말했다. 도시에서 온 손님들은 그 하얀 꽃을 보고 "이 봄을 제대로 즐기는 것은 흰싸리꽃이구먼. 진짜 흐드러지게 폈네." 하고 말했다. 할머니는 흰싸리라는 말을 듣고도 뭐라 더 이상 덧붙이지 않았다. 그 꽃이 흰싸리꽃이면 어떻고, 싸래기꽃이면 어떠냐는 반응이었다. 그래서 나는 어른이 될 때까지 그 꽃을 싸래기꽃이나 튀밥꽃 혹은 흰싸리꽃이라고 생각했다. 나중에 도감을 보고 나서야 조팝나무꽃이라는 걸 알았지만, 도무지 조팝나무라는 이름에는 정이 가지 않았다. 노란 좁쌀을 튀기면 진짜 하얗게 변할까? 조팝나무라는 이름보다는 차라리 '가지에 하얀 눈이 쌓여 있는 것 같다'고 해서 붙여진 '설류화'라는 이름이 더 그럴싸하다는 생각도 들었다.

이렇게 싸래기꽃 순을 뜯어다 데쳐서 나물로 무쳐먹는다는 사실이야 시골에 사는 아이들이라면 다 알고 있었지만, 고래할머니

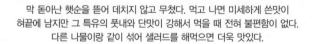

막 돋아난 햇순을 뜯어 데치지 않고 무쳤다. 먹고 나면 미세하게 쓴맛이
허끝에 남지만 그 특유의 풋내와 단맛이 강해서 먹을 때 전혀 불편함이 없다.
다른 나물이랑 같이 섞어 샐러드를 해먹으면 더욱 맛있다.

는 그걸 데치지 않고 생으로 무쳐서 먹는다는 말을 듣고는 얼마나 놀랐는지 모른다. "대체 그 할매 정체가 뭐야?" 아이들 입에서 그런 농담이 나왔을 정도였다. 그런데 한 번은 우리 집 밥상에 그 싸래기꽃 순이 생으로 무쳐져서 올라온 적이 있었다. 그 나물 옆에는 비린내가 강한 이면수라는 생선도 있었다. 생선이라고 하면 무조건 코를 싸쥐고 고개를 흔들던 나를 본 할머니가, "아가, 생선이랑 이 싸래기나물을 같이 먹어봐라. 그럼 비린내가 안 날 것여." 하면서 고래할머니 이야기를 덧붙였다. 고래할머니가 싸래기나물을 좋아하는 것은 생선 비린내를 없애주기 때문이라고 했다. 특히 생선을 싸래기나물 생무침이랑 같이 먹으면 전혀 비린내가 나지 않는다고 했다. 나는 억지로 싸래기꽃 생무침이랑 생선을 같이 입안에다 밀어넣고 씹다가 "어어, 진짜 비린내가 안 나네. 그리고 맛있어요. 별로 쓰지도 않고요." 그렇게 중얼거리고야 말았다. 생각보다 괜찮았다. 그때부터 봄에 생선을 먹을 때는 꼭 싸래기꽃나물이 올라왔다. 몇 년 뒤 고래할머니를 태운 상여가 사라지는 것을 바라다보는데, 산모롱이로 몰아오는 하얀 눈보라가 봄날 울타리를 수놓았던 그 싸래기꽃으로 보여 그만 눈물이 줄줄줄 흐르고야 말았다.

'이 들풀을 어디서 어떻게 뜯어서
여기까지 왔으니 그 정도는 받아야 한다는
자부심 같은 것을 느낄 수 있었다.'

⑨

강남 한복판에서
곰밤부리를 팔고 있는 할머니

✳✳

별꽃 : 별꽃이란 꽃모양이 별처럼 생겼다고 해서 붙은 말이다. 줄기에 독이 없어서 아무 때나 뜯어다 먹는다. 늦가을부터 다시 새순이 나기 시작한다. 하지만 한겨울 추위를 견딘 별꽃나물이 가장 맛있다.

햇살이 날로 데워지고 있다지만 그늘진 곳으로 들어가기만 해도 으스스 몸이 떨리는 봄날이었다. 나는 후배 작가 출판기념회에 가기 위해서 더딘 걸음을 타박하고 있었다. 지하철 신분당선을 타고 강남역에서 내려 환승하려는 사람들의 물결을 따라 그렇게 흘러가다가 "어, 저건 뭐지?" 하고 스스로에게 물음표를 던지면서 주춤 섰다. 수많은 사람들이 밀려갔다가 밀려오는 지하철 역사 앞 커다란 기둥 앞에 할머니 한 분이 앉아서 초라하게 좌판을 벌여놓고 나물을 팔고 있었다. 좌판이라고 해봤자 신문지 한 장 깔아놓고 까만 비닐봉지 네 개를 펼쳐놓은 게 전부였다. 비닐봉지에는 각각 다른 나물들이 있었다. 냉이, 쑥, 봄동 그리고 나머지 하나는 별꽃나물이었

/ 소박한
/ 밥상의 풍요

107

다. 내가 순간적으로 멈춰선 것도 그 별꽃나물이 눈에 들어왔기 때문이었다.

　나도 모르게 탄식이 나왔다. 대체 저 할머니는 어쩌자고 이런 곳에다 좌판을 벌였을까? 저걸 몽땅 팔아봤자 얼마나 받을 수 있을까? 천 원? 2천 원? 3천 원? 그 이상은 힘들겠다. 그 봄나물의 값어치를 따지기 이전에 우선 양이 얼마 되지 않았다. 당연히 그 할머니한테 관심을 보이는 사람은 아무도 없었다. 그러거나 말거나 할머니는 그 나물을 방패삼아 편안하게 그곳에 앉아서 지나치는 사람들을 흘겨보고 있었다. 나물을 팔려고 나온 게 아니라 사람구경을 하려고 나왔을지도 모른다는 생각이 들 정도였다. 대한민국 가장 부자들이 모여 사는 이 금싸라기 땅에서, 대한민국에서 가장 빠르게 시간이 흘러간다는 이 어지러운 땅에서, 먼 과거에서 거슬러 온 듯한 할머니 한 분이 아무도 관심을 갖지 않는 들풀 몇 주먹을 무기삼아서 강남땅을 도발(?)한 것이다. 할머니는 전혀 초조해 보이지 않았다. 나물을 사라고 애걸하지도 않았다. 최첨단 스마트폰으로 중무장한 사람들이 거칠게 지나치고 있었지만 전혀 주눅 들지 않았다. 시간을 초월한 듯 그렇게 앉아만 있었다.

　나는 약속 시간이 지나친 것도 모르고 한 시간 넘도록 근처를 서성거리다가 할머니에게 다가갔다. 다짜고짜 할머니한테 "이게 무슨 나물이에요?" 하고 물었다. 다 알고 있었지만 그 할머니의 목소리를 듣고 싶었다. 상대가 남자라는 것을 확인한 할머니는 약간 당황

야생초
밥상

별꽃은 덩굴풀로 습기가 많고 햇살이
잘 드는 인가 주위에 많다. 줄기가 연
해서 아주 살짝만 데쳐서 나물로 무쳐
야 본연의 맛을 느낄 수 있다.

별꽃나물을 날이 쌀쌀한 이른 봄날 뜯어다가 살짝 데쳐서 된장으로 버무린다. 순하고 단맛이 나는 줄기의 맛을 방해하지 않도록 약하게 양념을 한다.

스러운 눈빛으로 나를 보다가 슬그머니 피하면서 수줍게 웃었다.

"이것은 나생이(냉이)고요, 요것은 쑥, 저것은 봄동 그리고 이것은 우리 동네서는 곰밤부리라고 하는데……."

할머니는 거기까지 설명하고는 다시 수줍게 웃으면서 나를 보고만 있었다. 나는 이걸 어디서 뜯어왔냐고 물으려다가 간신히 참아냈다. 먼 과거에서 왔든 서울 근교 어디에서 왔든 그건 중요하지 않다는 생각이 들었고, 또한 저 할머니의 해밝은 표정을 어둡게 일그러뜨리고 싶지 않았다. 그냥 지금 현실에 존재하는 저 늙은 생명체를 그대로 존중해주고 싶었다.

"이거 곰밤부리라는 거, 나물로 해먹는 거지요?" 이번에도 알면서 물었다.

"그럼요. 우리 고향에서는 최고의 봄나물이지요."

"이거 다 얼마예요?"

"사시게?"

"아, 예!"

"그럼 만 원만 주세요!"

그 말에 깜짝 놀랐다. 이게 만 원이라니? 이걸 다 가져다가 나물로 무쳐도 한 끼 밥상을 채울까 말까 한 양이었는데, 하는 생각을 하다가 나도 모르게 돈을 꺼내주었다. 할머니가 당당하게 나를 보았다. 더 이상 말이 없으셨지만, 이 들풀을 어디서 어떻게 뜯어서 여기까지 왔으니 그 정도는 받아야 한다는 자부심 같은 것을 느낄 수 있었다. 할머니는 고맙다고 하면서 천천히 사람들 물결 속으로 사라졌다. 나는 까만 비닐봉지에 든 나물을 탈래탈래 흔들면서 환승통로로 걸어갔다.

몇 년 전 가을이 떠올랐다. 어머니 생신이라 아내와 함께 고향에 갔다가 근처 오리고기집에 들렀다. 시골 식당답게 반찬이 많이 나왔다. 그중에서 내 눈길을 끈 것은 금방 무쳐온 듯 파릇한 들풀나물이었다. 아내가 먼저 먹어보더니 "아, 이거 맛있다. 아주머니, 이거 무슨 나물이에요?" 하고 물었다. 어머니는 화장실에 가고 없었고, 나도 친구한테 걸려온 전화를 받고 있었다. 옛날 어른들이 보면 "참 복스럽게 생겼네!" 할 정도로 얼굴이 복성스럽게 생긴 주인여자가 왔다.

"역시 도시 사람들이 그 나물을 좋아하네요. 그거 곰밤부리나물이요. 곰밤부리. 원래는 봄에 뜯어다가 나물로 해먹는데, 요새는 날씨가 가을이나 봄이나 똑같아서 비닐하우스 근처에 천지요. 그래서 우리 먹을라고 조금 무쳐봤는데, 엊그제 반찬이 마땅치 않아서 손님들 상에 내놨더니 아 맛있다고들 하면서 자꾸 달라고 하대요. 그래서 조금 더 무쳐서 내놔봤어요. 곰밤부리나물은 옛날사람들이 먹는 나물이에요. 그래서 요새 사람들 입맛에 맞을까 했는데, 뜻밖에도 맛있다고들 하니 조금 당황스럽기도 하지만, 그래도 기분은 좋소. 곰밤부리야 사방에 천지에 깔렸으니까. 게다가 고것은 비료도 안 주고 농약도 안 주고 한마디로 농사꾼들이 신경을 쓰지 않아도 저절로 자라는 풀이니까, 고걸 뜯어다 나물로 하면 우리도 좋지요. 우리야 저런 것 먹고 컸지만 요새 사람들이 어디 그래요? 우리나라도 좋은 음식이 많고, 외국서 좋은 음식들을 얼마나 수입하는데, 저런 옛날 나물을 다 좋아해주시니 내가 고맙네요. 맛있으면 많이 드세요. 얼마든지 드릴게요. 근데 그때 서울서 온 어떤 사람이 곰밤부리 진짜 이름이라고 가르쳐줬는데, 응 저기 달력에다 적어났구먼. 아, 별꽃! 요것을 서울서는 별꽃이라고 부른답디다. 꽃이 별처럼 생겼다고 해서. 그런데 어째 별꽃이라고 하면 먹는 나물이라는 생각은 들지 않아요……."

"맞아요! 곰밤부리라고 해야 정감이 가고 나물 같네요. 단순히 꽃 모양만 보고 별꽃이라고 하는 것도 문제가 있네요."

아내가 맞장구치면서 나를 보더니 곰밤부리가 무슨 뜻이냐고 물었다. 나는 식당 주인여자를 한 번 쳐다보고는 정확히는 알 수 없다고 했다. 우선 별꽃이라는 말은 외국 과학자들이 붙여놓은 학명을 그대로 번역했거나 아니면 우리나라 과학자들이 붙인 이름일 것이다. 나는 이 풀을 서울 근교 경기도 지방에서도 별꽃이라고 하지 않고 '콤버무리'라고 부른다는 걸 알고 있었다. 그 말이 지역에 따라서 약간씩 다르게 불리는 셈이다. 그러니까 별꽃이란 도감에서나 볼 수 있는 말이지 전라도건 충청도건 경기도건 그 어디에서도 쓰이던 말이 아니다. 안타깝게도 지금은 콤버무리나 곰밤부리라는 말 대신 별꽃이라는 말이 더 많이 쓰인다. 우리네 조상들 입에서 내림

별꽃은 연한 것을 따서 그냥 생으로 무쳐먹기도 했고, 데쳐서 무치기도 했다.
주로 나물거리였지만 보리순과 함께 국거리로도 쓰였다.

되었던 말들은 사투리니 방언이니 하면서 따돌림 당하고 있기 때문이다. 콤버무리란 말은 아마도 '콩버무리'라는 말에서 변형되었을 것 같다. 이 풀과 콩이 만나서 우리가 잘 알 수 없는 맛깔스러운 음식을 탄생시켰을 수도 있다.

아무튼 별꽃은 가느다란 덩굴식물로 우리나라 들에서 흔히 볼 수 있는 풀이다. 특히 인가 주위나 습기가 많은 논두렁 주위에 많다. 줄기가 조금 가늘고 부드러운 것이 별꽃이고, 그보다 줄기가 크고 무성하게 자라는 것이 쇠별꽃이다. 그 둘을 구별하기란 쉽지 않다. 굳이 구별을 하자면 별꽃은 주로 밭이나 인가 주위에서 자라고, 쇠별꽃은 습기가 많은 도랑가에서 많이 자란다.

쇠별꽃은 다른 덩굴식물에 비해서 줄기가 굵다고 할 수는 없지만, 여름이 되면 불그스름해지는 줄기는 손으로 끊으려고 해도 끊어지지 않을 정도로 질기고 강해진다. 줄기에 수분이 많아서 소보다는 돼지가 잘 먹는 풀이다. 별꽃이든 쇠별꽃이든 연한 순은 다 뜯어다가 나물로 무쳐먹는다.

화장실에서 나온 어머니가 별꽃나물을 보고는 철이 이상해지니까 가을에 곰밤부리나물을 먹는다면서 우물우물 씹어댔다. 아내가 맛있다고 하자, "요것이 뭣이 맛있냐? 이런 것 먹지 말고 고기 많이 먹어라." 하고 오리고기를 가리켰다. 아내는 오리고기야 서울에서도 쉽게 먹을 수 있지만 이것은 먹을 수 없으니 더 별미라고 했다. 그 말에 어머니도 고개를 끄덕이셨다.

"나도 오랜만에 먹어보니 맛있다. 지금은 시골에서도 저런 것 안 해먹어. 옛날에는 먹을 것이 없었으니 봄이면 늘 무쳐먹는 것이 곰밤부리였제. 고런 것을 맛있다고 그러니, 세상이 돌고 도는 모양이다."

그러면서도 어머니는 고기가 더 좋다면서 고기를 많이 먹으라고 다그쳤다. 하지만 집에 가자마자 텃밭으로 끌고 가더니 "이것이 다 곰밤부리다!" 하면서 갈퀴처럼 곱은 손으로 그 순하디 순한 풀을 뜯어내기 시작했다. 우리는 어머니가 싸준 곰밤부리를 들고 서울로 와서 이웃들에게 나눠주었고, 정말 특별하고 맛있었다는 인사말을 들을 수가 있었다.

그 작은 씨앗에서 시작한 생은
여름과 가을, 그 몇 개월 만에 자기보다
수십만 배나 큰 우주를 만들어낸다.
그것이야말로 기적이다.

마음으로
대접하는
야생초밥상

"이걸 씹다보면, 새팥 작은 이파리도 생각나고,
노란 꽃, 꼬불꼬불한 덩굴, 그 주위에서
살아가는 온갖 곤충들까지 다 생각나면서
그냥 마음이 즐거워지더라고요."

10

신선이 차려준 새팥밥

새팥 : 새팥은 콩과식물로 소들이 좋아하는 풀이다. 재배하는
콩보다 작지만 단맛이 더 강하다. 30여 년 전까지만 해도 가난
한 사람들이 채취해서 식량으로 썼다.

　대학 다닐 때 알게 된 후배 영달이를 만나러 가는 길이었다. 한
학번 아래라서 후배라고 부르기는 하지만 그는 나보다 나이가 많
았다. 내 앞에서 한 번도 자신의 나이를 밝히지 않았지만 적어도 두
살 이상 많은 건 확실했다. 언뜻 보기에는 얼굴이 갸름해 보였으나
몇 번만 눈빛을 주고받으며 말을 섞다보면 "이 사람은 아주 깊은
사람이구나!" 하는 걸 느끼게 하는 힘이 있었다. 그는 겸손이 몸에
배어 있어 어떤 상대를 만나더라도 함부로 대하지 않았고, 또한 상
대편에서도 절대 함부로 대할 수 없는 은은한 카리스마가 있었다.
목소리도 굵었고, 말수도 많지 않았다. 나는 며칠 전 30년 만에 그
하고 통화를 했다. 그는 몇 마디 인사가 오가자마자 "선배님, 보고

싶습니다. 저희 집 한 번 놀러 오십시오." 했고, 나는 당장 달려가겠다고 했다.

"자네, 어디 사는가? 소문에는 지리산 깊은 골짜기에서 나이 차이 많이 나는 예쁜 여자랑 결혼해서 산다고 하던데…… 아니, 치악산 어딘가에서 산삼농사 지으며 산다는 소문도 들었던 것 같고…… 뭐? 전라북도 진안? 깊은 골짜기는 아니고 평범한 마을에 산다고? 허허허, 결혼은 했지? 아이는 몇인가? 아아, 알았네."

그는 내 질문 공세를 만나서 이야기하자는 한마디로 다 물리쳤다. 내 고막에서는 지금도 그 너털웃음이 살아나는 것 같았다. 그가 알려준 대로 내비게이션에다 주소를 입력하고 출발한 지 두 시간이 넘어갈 무렵 하늘이 꾸물꾸물 어두워지더니 기어이 눈발이 흩날리기 시작했다. 차는 전라북도로 접어들었다. 그의 집까지 한 시간 가량 남았다. 눈발이 점점 굵어지자 마음이 급해졌다. 그가 큰길까지 마중을 나왔다. 주름골이 몇 개 패어 있고, 흰머리가 몇 가닥 섞여 있는 것만 빼고는 예나 지금이나 큰 변화가 없었다. 오히려 한창 때보다 살이 약간 빠져서 전체적으로 더 맑아 보였다.

"자네, 똑같구먼!"

"선배님도 똑같네요!"

나는 그를 오래오래 끌어안고 있었다. 그러고 싶었다. 대학시절 나는 힘들 때마다 선배가 아닌 그에게 속엣말을 풀어놓았고, 그가 따라주는 막걸리 몇 사발에 취해 그의 자취방에서 한바탕 뒹굴고 나면 엄청난 위로를 받은 것처럼 다시 살아갈 수 있었다. 그는 선배 같은 후배였다. 그는 나를 밀어내자마자 웃었고, 눈이 하염없이 쏟아지는 하늘을 보고 고맙다고 소리쳤다. 보고 싶은 사람을 만나는 날 이렇게 아름다운 눈을 보내주어 고맙다고 말이다. 그의 집은 작은 개울을 건너 제법 큰 산을 등에 지고 앉아 있었다. 재실 옆에 지어진 작은 흙집이었다. 원래는 재실에서 살다가 3년 전에 그 흙집을 혼자 지었다고 하였다. 팔랑거리는 눈발이 울타리를 하얗게 수놓기 시작했다. 그는 새순이 돋기 시작하는 봄이 되면 울타리가 마술을 걸기 시작한다고 했다. 처음에는 울타리를 할 생각이 없었는데, 누가 와서 살아 있는 나무로 울타리를 만들어보라는 말을 하기

집과 마당의 경계에 심겨서 살아 있는 울타리가 되었던 조팝나무와 화살나무.

에 조팝나무, 구기자나무, 으름덩굴, 고추나무, 싸리나무, 보리수나무 등을 심기 시작했다고 한다.

한 울타리의 식구가 된 그들은 봄부터 가을까지 서로 순번을 정해놓고 꽃을 피우고 열매를 맺고 각자 취향에 맞는 나비와 새들을 불러들인다고 했다.

마당을 지나 토방으로 올라섰을 때까지도 집 안에서는 아무도 나오지 않았다. 그는 곧 밥상을 차려서 들어갈 테니 먼저 방에 들어가 있으라고 하였다. 그는 부엌으로 들어갔고, 나는 본능적으로 나무 타는 냄새를 맡았다. 방으로 들어가자 수천 권의 책들이 나를 반겼고, 방바닥에는 길쭉한 앉은뱅이책상이 하나 있었다. 밥상 겸 책상 같았다. 그 어디를 보아도 여자의 섬세한 손길이 거쳐간 흔적을 발견할 수는 없었고, 벽 어디를 둘러보아도 그 흔한 가족사진 하나 없었다.

곧 부엌문이 열렸다. 달콤한 팥내가 섞인 밥내가 폐를 급습하였다. 오랜만에 맡는 팥내였다. 식욕이 맹렬하게 끓었다. 그는 다시 특유의 너털웃음을 뿌리면서 차린 건 없으니 욕만 하지 말라고 하였다.

"제가 가장 좋아하는 선배님이 오시는데 고기라도 사올까 하다가, 고기야 아무 때나 먹을 수 있는 것이고 해서 그만 두고, 대신 제가 가꾸거나 장만한 음식을 조촐하게나마…… 선배님, 오늘 밥상에 오르는 것은 모두 다 제 손으로 가꾸거나 뜯은 것입니다. 술도 제가

/ 야생초
  밥상

빚었습니다. 그냥 오늘은 이런 걸 먹고 취하고 싶었습니다……."

불그스름한 작은 팥이 섞여 있는 밥, 잘게 무를 썰어서 끓인 무국, 고추나무 잎 묵나물로 추정되는 반찬, 도토리묵, 김장김치, 도토리가루로 부친 부침개, 그리고 고구마로 빚었다는 막걸리가 마지막으로 상에 올라왔다. 그는 내내 차린 게 없어서 미안하다고 했고, 이런 음식을 좋아할지 모르겠다면서 계속 내 눈치를 살폈다. 나는 상상도 할 수 없는 최고의 성찬이라고 말했다. 조금도 과장이 아니었다. 나는 특히 팥밥을 좋아했다. 이 팥밥은 그 빛깔과 향이 전혀 달랐다. 재배한 팥이 아니라는 걸 대뜸 알았다. 나는 그의 살냄새가 날 것 같은 막걸리부터 들이켰다. 그는 조용하게 팥밥이 어떠냐고 물었다.

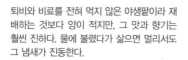
퇴비와 비료를 전혀 먹지 않은 야생팥이라 재배하는 것보다 양이 적지만, 그 맛과 향기는 훨씬 진하다. 물에 불렸다가 삶으면 멀리서도 그 냄새가 진동한다.

재배한 팥에서는 도저히 우러날 수 없는 빛깔과 향이 난다.

"이게 새팥이라는 야생콩밥입니다. 아시죠? 작년에 뒷산에서 수확한 것을 술병에다 담아놨는데, 며칠 전에 우연히 눈에 띄더라고요. 그래서 옳지, 선배님 오시는데 저 밥이나 해먹자 한 겁니다. 예전에도 지인들에게 새팥밥을 해서 드린 적이 있는데 아주 특별한 맛이라고 좋아하시더라고요. 이걸 씹다보면, 새팥 작은 이파리도 생각나고, 노란꽃, 꼬불꼬불한 덩굴, 그 주위에서 살아가는 온갖 곤충들까지 다 생각나면서 그냥 마음이 즐거워집니다……."

나는 그의 말을 뇌리에서 몇 번이나 되새김질하면서 새팥밥을 씹었다. 새팥이라는 풀은 요즘이야 거의 잊혀져가는 풀이 되었지만 불과 20여 년 전만 해도 아이들이랑 소들이 좋아하는 풀이었다. 콩과식물인 새팥은 철사보다 가는 덩굴성 한해살이풀로 생명력이 강하지만 소들이 워낙 좋아해서 거의 남아나질 않았다. 아이들도 새팥이 눈에 보이기만 하면 걷어다가 소한테 주었다. 아이들은 새팥 덩굴로 풀모자를 만들어서 쓰고 놀기도 했다. 다른 덩굴식물보다 줄기가 부드럽고 순해서 아이들이 가지고 놀기 좋은 풀이었다. 게다가 이파리에도 벌레가 거의 없었다. 어른들은 노란 꽃이 지고 작은 콩깍지가 달리면 밭가에서 쉬다가 무심코 보이는 그걸 까서 호주머니에다 담았다. 일부러 시간 내서 수확하는 사람은 거의 없었다. 그리고 집에 와서 쌀을 안칠 때 같이 넣었다. 그렇게 해서 새팥 몇 알을 씹어본 적은 있지만 이렇게 밥 한 공기에 쌀과 새팥이 주연배우가 되어 올라와 있는 걸 본 것은 처음이었다.

콩깍지를 따서 말린 다음 가는 막대기
나 방망이로 두들겨서 털어낸다. 가늘
고 긴 깍지 안에 깨알만 한 팥이 들어
있다.

"맛이 괜찮다니 다행입니다. 이걸로 밥 한 끼 해먹으려면 얼마나 손품 팔아야 하는지 아시죠? 워낙 새팥이 작아서요. 그래도 이게 수천 수백만 명의 생명을 먹여 키운 자랑스러운 어머니입니다. 아주 오랜 옛날에는 사람들이 주로 이걸 먹었잖아요? 그때는 지금처럼 팥이나 콩이 크지 않았을 테니까요. 가뭄이 들거나 세상이 난리가 나서 먹을 게 없을 때도 이것들이 사람들 목숨을 지켜주었지요. 화전민들은 죄다 이런 걸 먹고 살아야 했어요. 어디 인간들뿐이겠어요? 수많은 새들과 산토끼, 노루 같은 초식동물 그리고 풀벌레들이 이걸 먹고 살았으니까요. 그러니 고마운 풀이죠. 전 그런 생각하면서 이걸 먹습니다. 헤헤헤."

나는 가급적 오래오래 야생팥의 맛을 음미하려고 눈을 감았다. 눈물이 나올 정도로 황홀했다. 그만큼 맛이 있었다.

"선배님, 전 이렇게 삽니다. 십 년 전에 아내를 먼저 먼 곳으로 보내고 무작정 시골로 내려왔습니다. 그리고 이렇게 삽니다. 쌀농사만 저 먹을 만큼만 짓고요. 나머지 먹거리는 저 산과 들에 널려 있는 것들을…… 제가 새팥 깍지를 따면 이 동네 어르신들도 다 저보고 손가락질하고 그래요. 제 친구들도 몇 와서 보더니, 왜 이렇게 힘들게 사냐고 하기도 해요. 전 힘들지 않아요. 이게 좋아요. 남들 보기에는 심란해 보이기도 할 것이고, 야생콩이나 풀뿌리 캐먹고 백년 천년 살 거냐고 비웃기도 하지만, 제가 오래 살려고 이러는 건 아닙니다. 그냥 이게 좋고 편안해서 그래요. 돈 벌고 출세한 사람들도 다 자기들 멋대로 살잖아요. 고급 승용차 몰고, 외국에서 사온 물 마시고, 좋은 고기 먹고, 몸에 좋다는 온갖 보약 다 먹고 살잖아요. 저는 그렇게 할 수 없으니까, 제 방식대로 사는 겁니다. 이건 저같이 모든 걸 비운 사람만이 할 수 있습니다. 그러니 얼마나 좋아요? 돈도 하나도 안 들잖아요. 평화롭잖아요. 이런 음식은요, 절대 빨리 먹을 수 없습니다. 빨리 먹으려고 해도 온갖 생각이 다 나거든요. 그래서 느릿느릿 먹어요……."

나는 속으로 '자네야말로 신선이구먼!' 하고 중얼거렸다. 제멋대로 자유롭게 산다는 것이 얼마나 큰 용기를 필요로 하는 것인지, 이

새팥으로 쑨 죽은 설탕을 전혀 넣지 않아도 될 만큼 달다. 혀와 목에서 느껴지는 단맛은 인공적인 단맛이 아니라서 오래 남고 기분이 좋다.

야생초
밥상

언젠가는 이런 야생팥이 우리 밥상에 다시 오를 것이다. 야생팥은 우리가 잃어버린 근원적인 단맛을 품고 있다.

제 나는 잘 아는 나이가 되었다. 나는 그를 새삼 유심히 바라다보았다. 새팥줄기 같은 가느다란 풀덩굴이 꿈틀거리고 있는 그의 얼굴을 보니, 이미 나하고는 다른 세상에서 사는 사람 같았다. '저 친구가 싸는 똥은 산토끼똥처럼 냄새가 안 날지도 몰라. 풀만 먹고 살아가니까.' 나는 갑자기 그런 생각을 하면서 "그래, 그래!" 하고 웃어주었다.

야생초
밥상

11

입안에서 톡톡 튀는
댑싸리 지부자밥

댑싸리(지부자밥) : 흔히 농촌에서는 빗자루풀이라고 부른다. 가을에 베어다가 잘 말리면 그대로 빗자루가 된다. 주로 집 대문 앞에다 심는 풀로 중앙아시아가 원산지이다. 하지만 『본초강목』에도 수록되어 있을 만큼 우리나라에 들어온 지가 오래된 풀이다.

댑싸리라는 생명체가 있다. 고놈은 멀리서 보아도 한눈에 잡힐 정도로 품이 풍성하다. 초등학교만 졸업하고 서울에 있는 공장에 갔던 내 사촌누이는 댑싸리가 엄마 같다고 하였다.

"열세 살 때 객지에 나왔다가 첫 명절을 맞아 집에 갔는데, 버스에서 내리자마자 대나무 사립문 앞에 서 있던 고 몽땅한 댑싸리가 사람처럼 보이더라. 우리 엄마처럼 뚱뚱한 댑싸리가, 항상 고 자리에 앉아서 나를 기다리고 있었어."

내 친구 순달이는 댑싸리를 보고 하마터면 "할머니!" 하고 부를 뻔했다고 웃었다.

"얼마 전에 우리 고향집에 다녀왔어. 부모님도 다 돌아가시고 빈

어른이건 아이들이건, 심지어 강아지와
잠자리들까지도 댑싸리 앞에서 잠시 걸음을 멈추고는
"어쩜 저렇게 예쁠까?" 하고 탄식을 하게 된다.

집만 남았는데, 골목길을 들어서니까 대문 앞에서 댑싸리만이 반기더군. 누가 돌보지 않아도 꼭 그 자리에서 자라더라고. 세상은 변하고 변했지만 그냥 묵묵히 버티고 있는 것은 그 풀뿐이야. 그 풀을 보는데, 갑자기 할머니가 떠올라…… 울컥했어. 내가 풀을 보고 그런 느낌을 가져보기도 처음이네. 나도 이제 나이 들었나봐. 어린 시절에는 거들떠보지도 않는 풀이었는데 말이지."

그놈들의 씨앗은 들깨보다 작고, 인간의 피를 빨아먹고 살아가는 가랑니보다도 작다. 그 작은 씨앗에서 시작한 생은 여름과 가을, 그 몇 개월 만에 자기보다 수십만 배나 큰 우주를 만들어낸다. 그것이야말로 기적이다.

초여름이 되면 녀석들은 신나게 살이 오르면서 잔가지를 마구 뻗쳐낸다. 어른들은 그런 댑싸리를 눈어림하고는 한두 개 정도 튼실한 것만 남겨놓고 나머지는 뽑아버린다. 그렇게 뽑힌 댑싸리순은 나물로 해먹었다. 그리고 남은 댑싸리는 가급적 손을 대지 않았

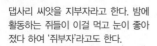
댑싸리 씨앗을 지부자라고 한다. 밤에 활동하는 쥐들이 이걸 먹고 눈이 좋아졌다 하여 '쥐부자'라고도 한다.

다. 그걸 뜯어먹으면 성장이 더디기 때문에 가을에 빗자루로 이용할 수 없다. 그래서 댑싸리나물은 자주 먹을 수 있는 음식이 아니었다. 어느 집이나 대문 앞에는 댑싸리 한두 포기가 모셔져 있기는 해도 빗자루나 씨앗을 염두에 두고 있기 때문에 나물로는 잘 해먹지 않았다.

또한 근처에 다른 나물거리들이 널려 있기 때문에 굳이 귀한 댑싸리를 뜯어먹을 필요가 없었다. 물론 댑싸리나물이 최고라고 하면서 일부러 그것만 뜯어먹는 사람도 있었다.

정읍댁이 그랬다. 정읍댁은 우리 집 아래아래 아랫집에 살았는데, 마을에서 유일하게 농사가 아니라 장사로 식구들을 먹여 살렸다. 처녀 적부터 싸전머리를 지켜온 정읍댁은 혼자 여섯 딸을 키웠다. 수완이 좋아서 돈벌이도 좋았지만 특별하게 티를 내지는 않았다. 다만 마을에서 가장 먼저 지붕을 개량하였고, 마당까지 시멘트로 포장하여 항상 집 안이 정갈해 보였다. 나는 정읍댁 넷째 딸 윤애랑 친했다. 나보다 두 살 어렸던 윤애는 오빠가 없어서 그런지 살갑게 따랐으며, 나도 윤애가 싫지 않아 공부 가르쳐준다는 핑계로 자주 들락거렸다. 정읍댁은 그런 나를 친자식처럼 예우해주었다. "아이고, 시우가 옆에 있어서 든든하구나. 니가 있어서 내가 늦게 들어와도 맘이 놓인다. 공부도 가르쳐주고, 늘 고맙다, 고마워." 그렇게 누런 금니를 드러내면서 웃어주고는, 제사 때나 볼 수 있는 쌀밥을 차려주면서 밥을 먹고 가라고 하였다. 그때마다 나는 못 이기는 척하면서 밥상머리에 앉았다. 사실 정읍댁의 음식솜씨가 좋은 건 아니었다. 밥상에 오르는 반찬마다 짜거나 매웠고, 젓갈투성이 김치는 내 비위를 마구 건드렸다. 그래도 나는 윤애랑 같이 밥 먹는 게 좋아서 티내지 않고 참아냈다. 초여름이면 그 집 밥상에는 늘 댑싸리나물이 올랐다.

"오빠, 이거 먹어봐. 우리 엄마가 젤 좋아하는 반찬이여. 비싸리 반찬!"

윤애는 그걸 '비싸리'라고 불렀다. 어른들 중에서는 '공쟁이' '딥싸리'라고 부르는 사람도 있었고, '지부자풀'이라고 부르는 사람도 있었다. '공쟁이'나 '지부자'라는 말은 댑싸리 씨앗을 다르게 부르는 이름이고, '비싸리'나 '댑싸리' '딥싸리'에는 빗자루를 만드는 싸리라는 뜻이 들어 있다. 정읍댁이 주물럭거려서 밥상에 오른 댑싸리 순은 고춧가루 하나 된장 하나 보이지 않았다. 대체 어떻게 무치는지 알 수 없었으나 몹시 짜고 그러면서 씹다보면 심심했다. 우리 할머니나 어머니가 주물럭거려서 내놓은 음식하고는 감히 비교할 수가 없었다. 그래도 나는 맛있다고 먹었다. 씹다보면 댑싸리순 특유의 순한 듯하면서 약간 쌉쌀한 맛, 그러면서도 부드럽게 씹히는 맛이 느껴졌다. 정읍댁은 댑싸리순으로 국도 끓여먹었다.

"오빠, 맛있어? 나는 별로던데, 우리 엄마는 이게 그렇게 맛있대. 그래서 대문 앞이랑 울타리가에다 비싸리 씨를 다 뿌려놨잖아. 남들은 빗자루 만들어 쓰려고 하지만, 엄마는 빗자루는 장에서 사오

야생초
밥상

물에 불린 지부자는 생선알밥처럼 입안에서 터진다. 지부자는 귀했기 때문에 지부자밥도 귀한
손님상에나 올라왔다.

거든. 그래서 여름내 이렇게 뜯어다 먹어."

나는 그런 윤애 앞에서 차마 맛이 없다는 말을 할 수가 없었다.
한 번은 어머니가 나를 따라왔다가 댑싸리나물을 먹어보고는 "역시
장사만 하는 사람이라, 음식은 형편없구면. 맛이라고는 하나도 없
는 것을. 이것을 맛있다고 먹고 있냐?" 하고 은근히 나를 타박하기
도 하였다. 그래도 다른 집에서는 먹어볼 수 없는 나물이라고 하자,
어머니도 "그렇기는 하다만." 하고 고개를 끄덕이셨다.

댑싸리는 찬바람이 불어오면 햇살을 잘 받는 쪽부터 연한 보라
색으로 물이 들어가는데 "꼭 새각시 같네." 하고 어른들이 고시랑거

댑싸리는 가을이 되면 줄기 아래부터 자주색으로 물든다. 줄기 밑둥을 잘라서 씨앗을 털어낸 뒤 빗자루로 쓴다.

릴 정도로 곱다. 그맘때쯤이면 어른이건 아이들이건 심지어 강아지와 잠자리들까지도 댑싸리 앞에서 잠시 걸음을 멈추고는 "어쩜 저렇게 예쁠까?" 하고 탄식을 하게 된다. 쥐들도 바빠진다. 주로 밤에 기어나온 쥐들은 "그래, 너희들은 곱게 물든 댑싸리 줄기를 보고 춤이나 춰라. 우린 맛있는 댑싸리 씨앗이나 먹을 테니까." 그렇게 떠들어대면서 댑싸리 씨앗인 지부자를 먹어댄다. 우리 할머니는 쥐가 가장 좋아하는 음식은 쌀도 아니고 좁쌀도 아니고 바로 지부자라고 하였다.

"지부자는 특히 눈에 좋단다. 특히 밤눈이 어두운 사람한테 좋지.

야생초
밥상

그래서 쥐들이 지부자를 좋아하는 거야. 그놈들도 지부자가 몸에 좋은지 다 아는 것이지. 고걸 많이 먹으면 밤눈이 밝아진다는 걸 아는 것이지." 아무튼 쥐들은 사람들이 벼설거지를 하느라 잠시 한눈을 파는 사이에 댑싸리 씨앗을 줄기째 꺾어서 쥐굴로 가져가거나 그 자리에서 싸그리 먹어치웠다. 그래서 일부 지역에서는 댑싸리 씨앗을 '쥐부자'라고 부르기도 한다.

지부자를 챙기는 사람은 할아버지나 할머니였다. 땅에다 비닐을 깔고 아주 조심스럽게 댑싸리를 베어냈다. 지부자는 워낙 작기 때문에 흙가루만 들어가도 그걸 골라내기 어렵다. 키로 까불 수도 없고, 체로도 걸러낼 수 없다. 오직 약한 바람이 부는 날 위에서 아래로 떨어뜨려서 흙먼지를 걸러내야 한다. 만약 지부자에 모래가 섞이면 나중에 밥을 했을 때 끊임없이 씹혀서 먹을 수가 없다. 그래서 어른들은 댑싸리 베는 일만큼은 절대 아이들을 시키지 않았고, 느릿느릿 정성을 다해서 베어내야 했다. 그렇게 수확한 지부자는 빈

지부자는 삶으면 상큼한 인삼향이 난다. 그 향 때문에 각종 음식 재료로 쓰인다.

지부자는 계란찜에 넣어도 좋다. 계란찜을 먹을 때 톡톡 터지는 느낌이 맛을 더해준다.

병에 담아 광에다 보관하였다.

씨앗이 떨어진 댑싸리는 빗자루가 되었다. 잔줄기가 촘촘한 댑싸리비는 흙이나 작은 검불을 쓸어낼 때 쓰였다. 주로 토방이 댑싸리의 영역이었고, 거친 나무토막이나 돌멩이들이 굴러다니는 마당은 대빗자루나 싸리비가 담당하였고, 부엌은 수수비가 담당하였다. 이렇게 빗자루도 다 자기들만의 영역이 있었다.

사방에서 풀비린내가 진동하는 어느 봄날, 할머니는 지부자 담은 병을 들고 집을 나섰다. 그맘 때쯤에는 집안에서 돈이 나올 곳이 없었기 때문에 할머니는 지부자 병을 들고 장나들이를 하였다. 지부자는 꽤 비싼 값에 팔린다고 하였다. 그래서 그런지 할머니는 이것저것 푸짐하게 사들고 돌아왔다.

그날 밤에는 특별한 밥이 밥상에 올라왔다. 약간 한약 냄새가 나는 조밥이었다. 까만 씨앗 같은 것들이 섞인 조밥을 입에 넣고 우물거리던 아이들은 "와아, 맛있다. 신기하다. 입안에서 뭔가 톡톡 터지는 것 같애. 할머니, 이거 무슨 밥이에요?" 하고 물었다.

"맛나지? 조에다 지부자를 넣었단다."

"이것이 지부자라고? 냄새가 참 좋네."

"많이 먹어라. 할매가 너희들 밥해줄라고 한 주먹 남겨놨어."

"아, 이래서 쥐들이 좋아하는구나."

아이들은 그런 특별한 밥을 먹으면서 새삼 댑싸리를 떠올려보곤 하였다.

갈색인 지부자와 노란 조밥은 색깔부터 잘 어울린다.
동글동글한 두 가지 알갱이가 입안에서 싸그락싸그락 씹힌다.

나는 얼마 전에 쌀과 함께 지은 지부자밥을 먹어보았다. 하지만 예전에 먹었던 그런 독특한 맛을 느낄 수가 없었다. 그 특유의 향이 나기는 하지만 어찌된 일인지 씹을 때 생선알처럼 톡톡 터지는 느낌이 들지는 않았다. 도대체 왜 그럴까? 토종 댑싸리들이 다 사라져버린 것일까?

"옥매듭밥이라고 해요.
봄에 해먹는 특별한 음식이었죠.
부자나 가난한 사람들이나 다 해먹는 밥.
아주 공평한 음식이에요."

12

계곡에서 먹었던
옥매듭밥

마디풀 : 옥매듭풀이라고도 하는 마디풀은 늦봄이나 초여름이
되어야 나물로 먹을 수 있다. 나물로 해먹는 시기가 아주 짧다.
보통 4월 말이나 5월 초가 가장 좋다. 마디풀은 풀 전체가 진한
옥빛이다. 이런 옥빛으로 다른 풀과 구별을 한다.

가까운 지인들이랑 산행을 했다. 계곡을 따라 느릿느릿 내려오다
가 해가 떨어질 기미가 보이자 야영준비를 했다. 몇몇은 텐트를 치
고 몇몇은 저녁거리를 준비했다. 일행 중 유일하게 미혼인 김 씨가
계곡물에다 쌀을 씻다가 나를 불렀다.

"어머, 이 풀이 이런 데도 있네요. 이 풀 아시죠?"

햇살이 잘 드는 자갈 틈에서 자기들끼리 큰 촌락을 이루어 살고
있는 풀은 마디풀이었다.

"우리 고향 강화도에는 이 풀이 유독 많아요. 우린 이 풀을 옥매
듭풀이라고 불러요. 옥빛이 나는 매듭풀이라는 뜻이지요. 아주 오
묘하지요. 진짜 옥빛이에요. 그렇죠?"

마음으로 대접하는
야생초밥상

주로 길가에 많이 자라는 마디풀은 중부지방, 특히 강화에서 많이 해먹는
전통 음식이다. 줄기에 옥빛이 난다고 하여 '옥매듭풀'이라고 한다.

나도 잘 알고 있는 풀이었다. 얼핏 보면 평범한 초록색 풀이다. 그런데 김 씨가 옥매듭풀이라고 부르는 마디풀을 보고 옥빛이 난다고 생각했다는 것은, 그만큼 그 풀을 자세히 들여다보았다는 뜻이다.

　"참 근사한 이름이네요. 근데 도감에는 마디풀이라고 나와 있어요. 이게 마디풀과거든요. 줄기에 마디가 많다고 해서 그렇게 분류가 된 거지요. 한자로는 백절(百節)이라고 해요. 풀줄기에 마디가 백 개나 된다는 뜻이죠. 이 풀하고 이름이 비슷한 풀이 있어요. 매듭풀이라는 풀인데, 생김새가 전혀 달라요. 매듭풀은 이파리에 빗금이 많이 새겨져 있어서 우리는 어렸을 때 빗금풀이라고 불렀어요. 꽃도 콩처럼 피어요. 당연히 매듭풀은 콩과지요. 그런데 왜 매듭풀이라고 부르냐? 그 풀 역시 줄기에 마디가 많아요. 마디와 마디 사이에 매듭이 있는 것처럼 보여요. 그래서 매듭풀이라고 한 거죠. 어쨌든 도감에 나오는 콩과의 매듭풀하고, 강화도에서 옥매듭풀이라고 하는 것은 전혀 다른 풀이에요. 도감에서는 옥매듭풀을 마디풀이라고 불러요. 사실 전 지금도 헷갈려요. 얼마 전에 아주 유명한 사람이 쓴 도감을 봤는데, 거기도 마디풀하고 매듭풀 사진이 똑같이 나와 있더라고요. 그분도 순간 혼동한 거죠. 제가 출판사에 전화해서 알려줬어요. 그럴 정도로 마디풀과 매듭풀은 헷갈려요. 그럴 바에는 마디풀을 그냥 옥매듭풀이라고 했으면 헷갈리지 않을 텐데."

　"저도 도감을 보고 그런 생각을 했어요. 우리 고향에서는 옥매듭풀이라고 하는데 도감에는 마디풀이라고 나와 있으니 헷갈리더라고요. 그래서 전 무조건 옥매듭풀이라고 불러요. 아무튼 제가 오늘 밤에 아주 특별한 밥을 해드릴게요. 잘 될지 모르겠지만요. 우리 고향에서는 이걸로 밥을 해먹었거든요. 그걸 옥매듭밥이라고 해요. 봄에 해먹는 특별한 음식이었죠. 부자나 가난한 사람들이나 다 해먹는 밥. 아주 공평한 음식이었죠. 마당에만 나가도 쉽게 뜯을 수 있기 때문에 마음만 먹으면 누구나 해먹을 수 있었어요. 재배하는 것도 아니고 저절로 나는 풀이니 농약도 안 하고 비료도 안 하죠. 저는 어렸을 때 세상 모든 음식이 이랬으면 얼마나 좋을까, 하는 생각도 했어요. 힘들게 재배하지 않고 이렇게 맘대로 뜯어다 먹을 수 있으면 얼마나 좋을까. 저 많은 풀들 중에서 인간이 먹을 수 있는 건 얼마나 될까. 소는 풀만 먹고도 저렇게 살아가는데 인간도 그럴 수 없을까. 그런 생각들을 많이 했죠."

김 씨는 거의 혼잣말에 가깝게 말을 하면서도 갤숙갤숙한 손은 쉬지 않고 옥매듭풀을 뜯어내고 있었다. 나물 뜯는 품을 보니 어린 시

옥매듭풀은 특별한 향은 없지만 줄기가 순하고 부드러우며 감칠맛이 난다. 옥매듭풀을 넣고 밥을 하면, 연한 옥매듭풀과 밥알갱이의 씹히는 감촉이 좋다.

야생초
밥상

옥매듭풀은 조금만 줄기가 자라도 뻣
뻣해지므로 어린 풀을 뜯어야 한다.
초여름에 돋아나는 풀이라 나물로 해
먹을 수 있는 시기가 무척 짧다.

절 나물칼하고 제법 놀아본 솜씨다. 작은 티끌 하나 허락하지 않고
정갈하게 다듬으면서 뜯어낸 옥매듭풀을 가지런하게 모셔놓았다.

나물을 많이 뜯어본 사람은 쑥을 캐더라도 절대 서두르지 않고
가지런하게 다듬어서 모셔둔다. 집에 와서 두벌 손이 가지 않게 하
는 것이 미덕이다. 마침 순이 연해서 밥을 하기에 딱 좋았다. 옥매
듭풀은 보통 집성촌을 이루면서 살기 때문에 한 군데에다 엉덩이
를 부려놓고 조금만 집중하면 한 끼 해먹을 정도는 쉽게 뜯을 수
있다. 봄에 돋아난 것이라고 해도 줄기는 질길 수 있기 때문에 이파
리만 꼼꼼하게 발라냈다. 밥에다 넣을 때는 이파리를 가위로 잘게
썰어서 넣기도 한다고 했다.

나는 옥매듭풀로 밥을 해먹는다는 말을 처음 들었다. 내 눈에 보
이는 그 풀은 별로 특별해 보이지도 않았고, 나물거리로 맛이 있어
보이지도 않았다. 나는 어려서부터 나물을 많이 캐면서 자라서 그
런지 몰라도 풀을 보면 "아, 이건 맛있겠다!" 혹은 "이건 맛이 없겠

다!"하는 정도의 느낌은 가질 수 있었다. 봄날 내내 누나랑 할머니 뒤를 따라다니면서 이러저러한 나물을 뜯고 그 수발을 들었다. 어떤 풀은 노인들이 좋아하고, 어떤 풀은 엄마들이 좋아하고, 어떤 풀은 형이나 누나가 좋아하고, 어떤 풀은 아이들이 좋아하는지도 안다. 대체로 쓴 풀은 노인들이 좋아하고, 상큼한 맛이 나는 것은 젊은 사람들이 좋아하고, 아이들은 자운영처럼 부드럽고 순한 맛이 나야 좋아한다. 그런 내 눈에 들어온 옥매듭풀의 느낌은 "별 맛이 없겠는데!"하는 생각이었다. 나는 소나 염소가 어떤 풀을 좋아하는지도 잘 알았다. 소와 함께 어린 시절을 보냈기 때문이다. 소는 적당히 수분이 있고, 적당히 질기면서도 맑고 깨끗한 풀을 좋아한다. 수분이 많은 들풀보다는 수분이 적당한 산풀을 더 좋아한다는 뜻이다. 물가에서 자라는 부들이나 줄, 고마리 같은 풀보다는 산에서 자라는 띠풀이나 억새 같은 풀이 초식동물의 몸에 더 좋다. 수분이 많은 풀을 먹으면 설사를 할 수가 있다. 만약 내가 소라면 옥매듭풀은 별로다. 옥매듭풀은 대체로 줄기가 땅에 바싹 붙어서 옆으로 기어가기 때문에 뜯어먹기가 불편하고, 뿌리가 깊게 뻗지 않아서 줄기를 뜯으려고 하면 뿌리째 뽑히기도 한다. 다른 풀이랑 경쟁하면서 살 때는 위로 쭉 뻗어 오르기도 하는데, 그럴 때는 초식동물들이 뜯어먹을 만하겠다. 하지만 초식동물들이 탐낼 정도로 줄기가 크지 않기 때문에 한두 번 입질을 하고 나면 더 이상 미련을 갖지 않을 것 같았다. 줄기가 다른 풀에 비해서 압도적으로 큰 것도 아니

야생초
밥상

고, 화려하게 꽃을 매다는 것도 아니기 때문에 농부들은 그냥 잡초라고 부른다. 여름철에 잎겨드랑이 사이에 홍백색의 꽃을 피우기는 해도 워낙 꽃이 작아서 벌들조차 찾아오지 않는다. 하지만 꽃이 지고 씨앗이 여물기 시작하면 멧새 같은 작은 새들이 찾아와서 씨앗을 쪼아 먹는다.

옥매듭풀은 독이 없다. 어린 시절 우리는 거의 모든 풀을 뜯어서 입에다 넣고 씹어보았다. 봄에는 맛이 순해도 여름이 되면 줄기가 질겨진다. 나는 그런 생각을 하면서 뜯어낸 옥매듭풀을 씹어보았다. 나이가 들어서 그런가? 아니면 내 입맛도 초식동물만큼이나 나

옥매듭밥에 간장을 넣고 비벼먹는다. 밥알갱이 사이사이에 적당히 숨죽어 있는 옥매듭풀이 눈맛부터 좋게 한다.

물에 길들여졌는지도 모를 일이다. 전혀 쓰지 않았다. 옥빛 이파리에서 우러나는 풋내가 온몸으로 퍼졌다. 모든 봄풀은 다 먹을 수 있다지만 이렇게 특정지역 사람들이 즐겨 먹었다는 것은 그 나름대로의 이유가 있는 법이다.

"괜찮죠? 많이 쓰지 않죠? 저도 옥매듭풀로 밥을 해먹는 곳은 강화도밖에 없다고 들었어요. 이게 뭐 특별해서 밥에다 넣어 먹었던 것 같지는 않아요. 그냥 주위에 가장 흔했기 때문이죠. 또 맛도 나쁘지 않고요. 우리 집에서도 많이 해먹었어요. 우리 할아버지 할머니가 좋아하셨죠. 이게 어른들 관절에 좋대요. 줄기가 사람 뼈처럼 생겼거든요. 신기하죠? 사람 뼈처럼 생겼다고 해서 뼈에 좋다니까요. 근데 어느 정도 신빙성이 있대요. 쇠무릎이라는 풀 아시죠? 흔히 우슬이라고 하는데, 그 풀도 소나 사람의 뼈처럼 생겼어요. 그래서 뼈에 좋다고 하잖아요? 우리 동네에서는 어른들이 이 풀을 뜯어다가 밥을 해드셨어요. 이걸 나물로도 먹었어요. 역시 관절에 좋대요. 저는 나물도 맛이 있었고, 밥도 맛이 있었어요. 이따가 보시면 알겠지만, 밥이 향기로워요. 근사해요."

나는 기대가 된다고 하면서 옥매듭풀을 뜯어주었다.

"옥매듭풀은 찬물에다 담가서 쓴물을 뺀 다음에 밥에다 넣기도 하고, 그냥 넣어서 하기도 해요. 밥을 먼저 하고 뜸들일 때 넣기도 하고, 아예 첨부터 쌀이랑 같이 안쳐서 하기도 해요. 저는 그냥 쌀이랑 같이 할게요."

밥 냄새가 퍼져나가자 사람들이 모여들기 시작했다. 어느새 누군가 숲에서 나와 주변을 까만 물감으로 칠해버린 것 같았다. 우리는 살을 맞댈 만큼 가까이 앉아서 하늘마당으로 하나씩 나오는 별들을 보았다. 이윽고 옥매듭밥이 담긴 그릇이 사람들 손에서 손으로 돌기 시작했고, 여기저기서 "음, 이거 뭐야?" "이거 강화도 처녀가 한 거야? 저런 처녀를 왜 아무도 안 데려가지?" "이게 관절에 좋다고?" "야, 상큼하다. 그냥 밥만 먹어도 되겠다!" 그런 온갖 찬사가 쏟아지면서 저녁만찬이 시작되었다. 나는 일부러 옥매듭밥만 입에 넣고 오래오래 씹어보았다. 지금까지 살아오면서 수천 번도 더 보았고, 헤아릴 수 없을 정도로 밟고 다녔던 이 작은 풀이 나를 감동시키고 있었다. 풋내에 섞여 내 몸으로 들어온 그 생명체는 약간 달고 쓰고 부드러웠다. 그 풀은 이내 내 살이 되었다.

13

봄날 강변에서
우슬 캐는 삼형제

쇠무릎 : 줄기의 마디가 소무릎 같다고 하여 쇠무릎이라고 한다. 산이나 밭가 들 등의 다소 그늘지고 습한 곳을 좋아한다. 뿌리를 넣어 담근 우슬주를 마시면 노화를 방지할 수 있다고 한다.

이미 햇살은 푸질 대로 푸진 늦봄 어느 날, 나는 섬진강변을 걷고 있었다. 봄가뭄이라지만 뿌리와 뿌리 사이, 돌과 돌 사이, 흙과 흙 사이에서 짜여진 물빛은 유독 푸르렀고 장난스럽게 반짝거렸다. 나도 그 푸르름 속에다 그림자를 담근 채 휘파람으로 발걸음에 흥을 돋우다가 산사나무 밑에서 쉬고 있는 세 사람을 보고 걸음을 멈췄다. 그들은 무엇인가를 캐다가 갑자기 밀려든 땀방울을 달래려고 그늘에서 쉬는 중이었다. 호미랑 삽 그리고 알 수 없는 풀뿌리가 보였다. 나는 낯가림이 워낙 심해서 그들의 눈을 피하면서 재빠르게 지나치려다가 다시 주춤거렸다.

"안녕하세요? 혼자 걸으시는 모양인데, 한잔하고 가세요!"

쇠무릎은 봄에 새싹을 내밀면서
마디와 마디 사이를 굵게 살찌우며 자란다.
쇠무릎에는 전혀 독이 없다.
당연히 초식동물들이 좋아할 수밖에 없다.

그중 나이가 가장 많아 보이는 사람이 말했다. 나는 꾸벅 인사를 하고 그냥 지나치려고 했는데, 또 다른 사람이 불렀다. 이미 그의 얼굴은 붉게 물들어 있었다.

"그러지 말고 오세요. 이것도 다 인연 아닙니까? 자자, 이리 앉으세요. 어디서 오셨어요? 우리도 서울에서 왔습니다. 이쪽이 큰형님이고 고등학교 선생님입니다. 이쪽은 작은형님, 족발집 사장님이고, 저는 평범한 회사원입니다……."

내가 앉자마자 자신을 막내라고 소개한 사람이 줄줄줄 형님들을 소개하였다. 어떻게 처음 보는 타인에게 저토록 편안하게 이야기할 수 있을까. 저렇게 붙임성 좋은 이들을 보면 그저 경이로울 따름이다.

어쨌든 나는 본의 아니게 그들 틈에 묻어들었다. 그들이 준 막걸리 한 잔을 위장에다 투입하였건만 서름서름한 내 눈빛은 조금도 무디어지지 않았다. 나는 어서 일어날 궁리만 하였다. 하지만 그들은 집에서 직접 만들어왔다는 도토리묵을 내밀면서 계속 막걸리 잔을 내밀었다.

"우린 우슬 캐고 있습니다. 우슬이라고 혹시 아세요?"

"아, 저것이 우슬이군요. 알지요. 하도 오랜만이라서 긴가민가했지만요."

그러자 큰형이라는 사람이 약간 놀라는 표정을 지었다.

"어, 이거 아는 사람 많지 않은데? 얼마 전에 우슬이 몸에 좋다고

TV에 나왔다고 하던데, 혹시 그걸 보고 아셨어요?"

"아니요. 제가 시골내기라서 알지요. 도감에는 쇠무릎이라고 하잖아요? 근데 우리는 어려서부터 어른들한테 우슬이라고 들었지요. 쇠무릎이라는 말은 나중에 커서 알았습니다. 저희 고향에서는 다리나 허리 아픈 사람들이 이걸 캐서 약으로 해먹었어요. 지금은 우슬을 캐기에는 약간 철이 늦었지요. 원래는 늦가을이나 초봄에 캤는데……."

그들은 내 이야기를 들으면서 고개를 끄덕거리기도 하고, 그러면 그렇지 하는 표정을 짓기도 하였다. 우슬에 대한 이야기를 하다 보니 어느새 낯가림도 많이 무디어져 있었다. 그들도 어렸을 때 우슬 캐던 이야기를 하였고, 나도 비슷한 기억을 떠올렸다.

해마다 봄이 되면 아이들은 어른들을 따라 다니면서 우슬 캐는 일을 도왔다. 우슬이란 쇠무릎이라고 하는 풀뿌리였다. 쇠무릎이란 그 풀의 마디가 통통하여 '소의 무릎하고 비슷하게 생겼다' 하여 붙은 이름이다. 쇠무릎을 한자로 표현한 것이 '우슬'이다. 하지만 어른들은 쇠무릎의 뿌리를 우슬이라고 불렀다. "어서 우슬 캐러 가자!" 하고 어른들이 말하면 아이들도 대뜸 알아듣고 방에서 뛰쳐나왔다. 우슬은 집에 관절염이나 허리 아픈 어른들이 계실 때 약으로 쓰기 위해서 캐기도 하고, 그냥 집에다 보관하기 위해서 캐기도 한다. 어느 집이나 잘 손질하여 말려둔 우슬이 있기 마련이었다. 요즘 해열제나 감기약만큼이나 꼭 필요한 약초였다. 말린 뿌리는 술을 담거

160

쇠무릎은 땅속에다 깊은 뿌리를 묻고 사는 여러해살이 풀이다.
봄에 땅속뿌리에서 무리지어 새싹이 돋아난다. 그래서 나물 뜯기가 편하다.
어린순을 데쳐 나물로 무쳤다. 전혀 쓴맛이 없어서 국거리로도 좋은 풀이다.

쇠무릎 뿌리를 '우슬'이라고 한다. 잎이
진 늦가을이나 이듬해 봄에 캔다. 집집
마다 이렇게 우슬을 캐서 말려두었다.
무릎 관절에 좋다고 하여 차로 끓여먹
기도 하고 한약 재료로도 쓰인다.

나 차로 끓여먹었다. 장에 가져가서 팔기도 하였으니 비록 큰돈은 아니지만 언제든지 돈이 될 수 있어서 요긴하게 쓰였다. 가끔은 도시에 사는 친척들이 부탁하면 보내주기도 했다.

봄만 지나면 아이들은 '우슬'이라는 말을 잊어버렸다. 쇠무릎은 봄에 새싹을 내밀어 마디와 마디 사이를 굵게 살찌우며 자란다. 쇠무릎에는 전혀 독이 없다. 당연히 초식동물들이 좋아할 수밖에 없다. 아이들은 여름내 쇠무릎을 베어다가 소나 염소 혹은 토끼의 먹이로 주었다. 줄기가 딱딱하고 수분이 적당해서 아무리 소가 먹어도 탈이 나지 않는 풀이었다. 늦여름이 지나가면 쇠무릎 줄기 끝에 다닥다닥 붙어 있는 씨앗들이 여물어간다. 그맘때쯤 함부로 들을 뛰어다니다보면 바지춤은 물론이요 웃옷까지 쇠무릎 씨앗이 촘촘하게 붙어 있다. 끝이 날카로워서 살갗에 닿으면 따끔거린다. 개나 염소들의 몸에도 쇠무릎 씨앗이 잔뜩 붙어 있다. 아이들은 그걸 보고 "와아, 도둑놈풀이다!" 하고 그 가지를 뜯어다가 다른 친구들 등에 몰래 붙이며 짓궂은 놀이를 하기도 한다. 그래서 아이들 기억 속에는 쇠무릎이니 우슬이니 하는 말보다는 도둑놈풀이라는 말이 더 재밌게 들어앉아 있다.

"우린 도깨비풀이라고도 불렀어요. 역시 아무도 모르게 몸에 잘 달라붙는다고 해서 붙은 말이지요. 어쨌든 우리 부모님은 우슬 예찬론자들이었죠. 우리 아버지는 봄날, 틈만 나면 우슬을 캐서 말렸어요. 우슬이 산삼보다 더 좋다고 하시면서요. '괜히 귀한 인삼 사

다 먹을 것 없다. 우슬은 우리 주위에 흔하니까 아무나 쉽게 캘 수 있고, 아무리 먹어도 탈이 나지 않고, 여러 가지로 몸에 좋으니 이거야말로 인삼보다 더 좋은 것 아니냐?' 그게 우리 아버지 지론이셨죠. 그래서 우린 어린 시절부터 우슬차를 보리차처럼 마시고 자랐어요. 그래서 그런지 우리 부모님도 거의 아흔이 넘어서 돌아가셨고, 우리도 아직까지 크게 아픈 곳이 없어요."

큰형이라는 사람이 작은형이라는 사람의 말을 급하게 가로채면서 "우슬차 많이 마셨다고 부모님이 오래 사셨겠습니까만, 그래도 우리 부모님은

줄기 중간마디가 소의 무릎처럼 생겼다 하여 '쇠무릎'이라 한다. 줄기 끝에 달린 씨앗은 털 달린 동물이나 사람 옷에 잘 달라붙는다. 아이들은 '도둑놈풀'이라고 불렀다.

다른 약도 거의 안 드셨어요. 우슬을 만병통치약으로 생각하고 살아오신 거지요." 하자, 작은형이라는 사람은 강하게 말했다. "형님, TV 안 보셨어요? 여러 의학박사님들이 나와서 이미 검증된 이야

기를 하셨잖아요. 우슬이 관절염뿐만 아니고……."

막내라는 사람도 우슬이 좋은 약초였기 때문에 부모님이 오래 사셨고, 자신들이 건강한 것이라고 믿고 있었다. 큰형이라는 사람도 크게 부정하는 눈치는 아니었다. "다만 너무 맹신하지는 말자는 거지요. 우리 아버님도 그러셨어요. 예나 지금이나 몸에 좋은 풀이라고 하면 다들 앞다퉈 뜯어서 약으로 쓰잖아요? 근데 아버님은 약이랑 이렇게 음식처럼 먹는 것은 엄격하게 구분하셨어요. 너무 몸에 좋다고 한 가지만 먹지 마라. 골고루 다양하게 먹어라. 그것이 아버님의 지론이셨지요. 전 그게 맞다고 봐요. 다행히도 우리 집은 우슬 뿌리로 다양하게 음식을 해서 먹었어요. 어머니가 음식을 잘하셨거든요."

"맞아요!" 하고 막내라는 사람이 맞장구치며 나섰다. "저흰 해마다 봄만 되면 여기서 우슬을 캡니다. 저기 산 중턱에 어머니 산소가 있거든요. 어머니 생신이 이맘때쯤이라 산소에 왔다가 우슬을 캐서 가지요. 하지만 이제는 어머니가 만들어주시던 우슬식혜랑 우슬묵, 우슬조청은 먹을 수가 없어요. 그걸 할 줄 아는 사람이 없으니까요. 그래서 올해는 우리가 한 번 서울 가서 해보기로 했어요. 우리는 우슬국도 많이 먹었어요. 저는 그게 더 맛있었어요. 어린순을 넣고 국을 끓이면 기가 막히거든요. 봄날, 보리랑 다른 나물이랑 같이 넣어서 끓이기도 하고, 그냥 우슬순만 넣고 끓이기도 했지요."

나도 모르게 그들 삼형제가 캐놓은 우슬뿌리 하나를 끊어 씹으

야생초
밥상

우슬 조청은 시간도 오래 걸리고 품이 많이 들지만 우슬 특유의
단맛과 향이 섞여 옛사람들이 최고로 치는 음식이다. 아무리 먹
어도 질리지 않는 단맛이 난다.

면서 그런 음식은 처음 들어본다고 하였다. 그들은 내가 우슬뿌리 씹는 걸 빤히 쳐다본 다음 맛이 어떠냐고 물었다. 쑥뿌리처럼 가느다란 우슬뿌리는 시원하고 단맛이 났다. 쓴맛은 전혀 느껴지지 않았다. 아, 이래서 이것으로 식혜도 만들고 조청도 만들었구나, 하고 나도 모르게 고개를 끄덕였다.

"우슬은 녹말이 풍부하고 당분이 많아서 여러 가지 음식을 해먹었어요. 말려서 가루를 내기도 하고, 푹 삶아서 당분을 빼낸 다음 그것으로 식혜나 묵, 조청을 만들기도 했지요. 그 맛이 아주 특별해요. 어쩌면 우리 형제는 그 맛을 잊지 못하고 해마다 봄이 되면 이렇게 고향 근처를 돌아다니면서 우슬을 캐는지도 몰라요. 어머니가 돌아가시고 나니까 그 맛이 얼마나 소중했는지 알겠더라고요."

큰형이라는 사람도 그렇게 말을 하면서 우슬뿌리 하나를 씹었다.

"참 신기하지요? 나무도 아니고 흔하디흔한 풀인데, 그런 풀뿌리가 이렇게 단맛을 낸다는 걸 어떻게 알았을까요? 저는 이걸 말려서 일 년 내내 차로 끓여먹는데, 이만한 차는 없어요."

작은형이라는 사람도 우슬뿌리를 씹고 있었다.

"그러고 보니 오늘은 우슬로 맺어진 인연이네요? 자, 한잔 듭시다!"

막내라는 사람도 술잔을 비우고 우슬뿌리를 씹기 시작했다.

피란 그런 존재였다. 농부들이 뿌리째 뽑아서
던지면 그놈들은 악착같이 살아서 이삭을 내밀고,
그 씨앗이 나시 논으로 게릴라처럼 들어온다.
피들은 어디건 땅에만 닿으면 죽지 않고 살아간다.

14

피죽을 먹어본다

피 : 피는 습기가 많은 곳에서 자라는 한해살이풀이다. 키는 벼
보다 더 크고 이파리도 길쭉하다. 잎맥이 유달리 하얀색이다. 잎
맥을 보고 벼와 피를 구분한다. 논에서 자라는 것이 있고, 밭에
서 자라는 것이 있다. 논에서 자라는 피가 씨알이 더 굵다.

입춘이 지난 어느 날, 한마을에 살고 있는 친한 지인으로부터 연
락이 왔다.

"별일 없으면 집으로 오시지요. 피죽을 한번 끓여보려고 해요."

피죽이라는 말을 듣자마자 불볕이 쏟아지는 논에서 피사리하던
그 고통스러운 순간들이 떠올랐다. 벌써 발이 질퍽질퍽 빠져드는
느낌이 들었다. 피사리하려고 논에 들어가면 며칠 굶은 거머리들
이 떼로 달려들었고, 날카로운 벼이삭이 어깨와 종아리, 얼굴을 마
구 후벼댔다. 피란 놈은 워낙 깊숙이 뿌리를 내리고 있어서 손을 삽
처럼 뻘 속에 넣어 파내야 한다. 그놈 하나를 제거하고 나면 허리가
끊어질 듯 아프지만, 논바닥이라 어디 앉아서 쉴 수도 없다. 그렇게

일을 하고 나오면 도랑가에 있는 수많은 피들을 다시 마주치는데, 괜히 화가 나서 마구 밟아주고 싶을 정도로 그놈들이 미웠다.

피란 그런 존재였다. 농부들이 뿌리째 뽑아서 던지면 그놈들은 악착같이 살아서 이삭을 내밀고, 그 씨앗이 다시 논으로 게릴라처럼 들어온다. 피들은 어디건 땅에만 닿으면 죽지 않고 살아간다. 원래 피들은 사람들이 가꾸는 곡식이었다. 자세한 그들의 내력이야 알 수 없지만 농경시대가 시작되기 전부터 그들은 이 땅에서 살았던 것이 분명하다. 그리고 수천 년 동안 우리네 조상들의 입으로 들어가서 살이 되고, 노래가 되고, 그림이 되었다. 피는 벼하고 자라는 환경이 같다. 물이 있는 습지대를 좋아하고, 잎이나 줄기도 벼하고 거의 같다. 벼보다 약간 더 크고, 뿌리도 더 깊게 내린다. 줄기가 작을 때는 구분이 어렵다. 농부들은 피와 벼를 구별할 때 잎을 보고 한다. 잎맥이 하얀색이면 피고, 그냥 푸른색이면 벼다.

나는 그 지인의 집 앞에서 잠시 걸음을 멈췄다. 그러고 보니 나는 지금까지 피를 먹을 수 있는 식물이라고 생각해본 적이 없었다. 어렸을 때 어른들 입에서 "전쟁 때 피죽을 먹고 살았다." 혹은 "저놈은 어째 피죽도 못 먹어본 놈처럼 깡말랐네." 하는 말을 무시로 들었을 때에도, 피가 사람의 살이 될 수 있다는 생각을 하지 않았다. 절대 인정할 수 없었다. 깊은 산골에서는 사람들이 그걸 먹고 살아간다거나, 흉년이 들었을 때 그걸 먹고 살아간다는 어른들 말을 절대 받아들일 수 없었다. 내 눈에 보이는 피는 어린 농부를 괴롭히는 못된 잡초였다. 나는 그런 생각만 하면서 어린 시절을 보냈다. 그러고 보니 피의 다른 얼굴을 제대로 상상해본 적이 없었다. 어쩌면 이제야 피의 진정한 모습을 볼 수 있을지도 모른다.

내가 집으로 들어서자 그 지인이 피 알갱이로 추정되는 것들을 보여주었다.

"피 이삭을 손으로 일일이 비벼서 털어냈거든요. 근데 낟알처럼 보이는 게 없네요."

"어, 정말 낟알이 없네. 이건 다 쭉정이 같은데요. 피가 덜 익은 거 아닌가?"

그는 내 말에 단호하게 고개를 흔들었다. 아주 잘 익은 피 이삭만 베어다가 털었으며 잔바람에 날리니 검불만 날아가고 낟알로 추정되는 것들이 남았다고 했다. 그걸 밖에다 말렸더니 새들이 와서 먹었고 닭들도 좋아한다고 했다. 새들이 좋아한다는 것은 낟알임에 틀림없다. 하지만 육안으로는 낟알에 껍질이 덮여 있는지 아닌지는 확인할 수가 없었다. 하도 작아서 절구질을 할 수도 없었다.

"자, 이걸 어떻게 해먹지요? 인터넷에도 나와 있지 않고, 동네 어른들한테 여쭤봐도 다들 모른다고 하시네요. 피죽을 먹었다는 말만 들었지 직접 드시지는 않았대요."

나는 고향에 계시는 어머니한테 자문을 구했다. 어머니의 대답도 비슷했다. 깊

피가 익어갈 무렵이면 참새나 박새 같은 새들이 많이 날아든다.
그때쯤 수확을 한다. 이삭이 너무 익어버리면 수확할 때 낟알이 다 떨어진다.
이삭만 잘라서 말린 다음 낟알을 털어낸다.

은 산골사람들은 더러 피농사를 짓기도 했지만 직접 해먹는 건 보신 적이 없다고 했다. 다만 피를 해먹으려면 물에 담갔다가 죽으로 먹어야 할 것이라고 하였다.

내 말을 들은 지인은 반나절 정도 담가두었기 때문에 괜찮을 것이라고 하면서 일단 밥을 해보겠다고 했다. 압력밥솥의 위대함을 믿어보자는 말이었다. 밥이 다 되어갈 즈음에 몇몇 지인들이 더 왔다. 다들 교과서나 문학작품에서만 들어보던 피죽을 먹어본다며 설렘이 가득한 표정이었다.

"왠지 맛있을 것 같아요."

"뭔가 독특할 것 같아요."

대여섯 명의 사람들이 식탁에 앉았고 압력밥솥 뚜껑이 열렸다. 밥공기에 담긴 피밥을 젓가락으로 헤집으면서 쳐다보아도 그것이 낱알로 보이지는 않았다, 여전히 쭉정이 같았다. 그걸 몇 알 집어 입안에 넣고 씹었다. 첫 느낌은 '먹기 쉽지 않겠구나!'였다. 연어알

피는 물에 충분히 불렸다가 밥에 넣어야 한다. 벼 낱알처럼 껍질이 아주 깔끄럽다. 오랫동안 삶으면 속살이 터지고 겉껍질이 물러진다.

야생초
밥상

피밥을 먹는 것도 요령이 있다. 입안에다 넣고 씹으면서 김치랑 국을 자주 먹어야 한다. 그래야 까칠한 피밥이 씻겨서 목구멍으로 잘 넘어간다.

처럼 톡톡 터지는 느낌이 있었지만 한 알 한 알 조심스럽게 씹어대야만 목구멍으로 넘길 수 있었다. 다행히도 나는 워낙 적은 양을 입에 넣고 씹어서 큰 탈이 없었지만 겁 없이 한 수저 입안에다 몰아넣은 이들은 곤욕을 치러야 했다.

"으악! 이걸 어떻게 먹어? 내가 피밥을 먹는 게 아니라 피가 내 입안으로 침투해서 막 쑤시고 찔러대는 것 같아요. 입천장, 혓바닥 밑, 목구멍까지 피알갱이가 박혀서 물을 먹어도 넘어가지 않고, 뱉어내도 뱉어지지 않고…… 아이고…….

여기저기서 캑캑거리며 뱉어내고, 기침을 해대고, 등을 두드리고, 물을 마셔대고, 폴딱폴딱 뛰어대고, 심지어 손가락을 입안으로 넣어서 피알갱이를 떼어내느라 야단이었다.

"이건 도저히 먹을 수 있는 음식이 아니에요!"

거의 만장일치로 그런 결론에 도달했다. 누구도 반론하지 않았다.

잠시 뒤 피죽이 나왔다. 이번에는 다들 조심스러웠다. 숟가락 끝으로 조금만 떠서 입안에다 넣고는 우물우물 씹다가 "아, 맛없어. 이것도 껄끄럽기는 마찬가지네!" 하고는 뱉어냈다. 피밥보다 조금 부드럽기는 해도 역시 맨 정신으로는 먹을 수가 없었다. 물론 전쟁이나 천재지변으로 먹을 것이 전혀 없을 때 먹는 음식이기 때문에 지금 상황하고 비교할 수는 없겠지만, 그럼에도 변함없는 것은 편안하게 먹을 수 있는 음식은 아니라는 사실이었다.

나는 시래기 같은 풀을 넣고 다시 끓여보자고 하였다.

"피죽이란 맛으로 먹는 건 아니겠지요. 굶어서 죽기 직전에, 이거라도 먹지 않으면 굶어 죽을 수밖에 없는 상황에서 먹었을 거예요. 우리처럼 캑캑거리면서, 아이들은 먹기 싫다고 울면서 억지로 억지로 먹었을 것 같아요. 원래 구황작물이란 대부분 죽으로 먹어요. 푸댓죽이죠. 온갖 풀들을 다 뜯어 넣어야 양이 많아지잖아요? 어디 한 번 먹어봅시다."

시래기가 들어가자 피죽은 한결 부드러워졌다. 가시처럼 입안을 파고들던 까끌함이 상당히 무디어지고, 목구멍으로 넘어갈 때도 시래기들이 다른 피 알갱이들을 한타령으로 껴안고 사라졌다. 입천장

야생초
밥상

피를 충분히 불려서 삶은 다음 그걸 다시 갈아서 죽을 쑨다.
피를 갈지 않고 죽을 쑬 때는 시래기처럼 줄기가 큰 풀을 함께 넣고 끓인다.
그러면 먹을 때 깔끄러움을 줄일 수 있다.

이나 목구멍에 달라붙는 피알갱이도 훨씬 줄어들었다.

"아하, 이렇게 먹었던 모양이네요. 피죽에다 풀을 넣는 것이 단순하게 양을 늘리기 위해서만은 아니네요. 저 피알갱이의 깔끄러움을 달래기 위해서 풀을 같이 넣었네요. 그래도 먹기에 쉽지 않지만, 이걸 먹지 않으면 죽는다고 생각하면서 고통스러워도 먹었겠지요."

그곳에 모인 지인들 중에서는 약간 허탈한 눈빛을 짓는 이도 있었고, 당황스러움을 감추지 못하는 이도 있었고, 당연히 이럴 줄 알았다는 표정을 짓는 이도 있었고, 그런 극한 상황에서 피죽을 먹어보아야 진짜 피의 가치를 알 수 있을 거라고 말하는 이도 있었다.

피죽에다 시래기와 수제비를 넣었다. 씹히는 질감이 훨씬 좋고 부담이 없다. 피죽은 이렇게 여러 가지 나물을 함께 넣고 끓인다.

야생초
밥상

피라는 풀이 얼마나 독한 생명체인지 잘 알
고 있었던 나도 당황하고 있었다. 나는 은
근히 상상도 할 수 없는 환상적인 야생의
맛을 갈망하고 있었다. '피는 역시 피구나.
겉과 속이 똑같구나!' 그런 생각을 하면서 나
는 돋보기를 찾았다. 집주인이 실험용 돋보기를 가져다주었다. 그
것으로 몇 배 확대해서 보자 피알갱이가 또렷하게 눈에 잡혀왔다.

피알갱이는 껍질에 싸여 있었고 앞뒤가 가시처럼 뾰족했다. 그놈
의 정체가 정확하게 드러나는 순간이었다. 그렇다고 그놈의 껍질을
벗긴다는 건 불가능해 보였다. 피는 그렇게 먹을 수밖에 없는 음식
이었다. 다른 타협의 여지가 없는 생명체였다. 그러나 피를 넣고 끓
인 차가 나오자 지인들의 얼굴색이 확 달라졌다. 은은하게 오렌지
빛이 도는 찻물은 참으로 예뻤으며, 메밀차와 비슷하게 구수한 맛
을 전해주는 그 향그러움에 모두들 반해버렸다. 그제야 내 얼굴에
서 웃음이 흘러나왔다. '피는 역시 피구나. 겉과 속이 이렇게 다를
수도 있구나!'

이듬해 봄이 되자 우리 집 마당에서는
뱀밥들이 딱딱한 흙을 헤치고 고개를 내밀었다.
그들은 다른 세상에서 온 아주 작은 인간들 같았다.

15

입맛 눈맛을 다 사로잡았던
뱀밥나물, 뱀밥밥

쇠뜨기 : 쇠뜨기란 말은 소가 뜯어먹는 풀이라는 뜻이다. 하지만
실제로 소를 풀어놓으면 잘 뜯어먹지 않는다. 파란 쇠뜨기 줄기
가 나오기 전에 버섯처럼 나오는 포자순을 나물로 해먹는다.

　그 집은 바람을 먹고 살았다. 앞뒤로 어슬렁거리는 계곡물을 따
라 늘 성깔 사나운 바람들이 텃세를 부렸다. 봄날 서울을 떠나 그
집에다 짐을 부렸을 때는 자정이 넘어버렸고, 잠을 자려고 하니까
바람이란 놈들이 이 세상 모든 동물들의 울음소리로 밤새 위협하
였다. 아침에 눈 떠보니 눈보라까지 야단이었다. 날이 가고 기온이
오르자 마당에서 흙바람을 일으켰다. 흙바람은 틈만 나면 거실 유
리창을 후려쳤으며, 잠시라도 문을 열어두면 그 틈을 놓치지 않고
거실로 게릴라처럼 침투하였다. 나는 어서 마당을 파헤쳐 텃밭으로
만들어야겠다고 생각하고는 쇠스랑을 앞세워 덤벼들었다. 그러나
쇠스랑이 하루를 견디지 못하고 휘어져버리자 나도 고개를 흔들어

/ 마음으로 대접하는
　야생초밥상

버렸다. 그놈의 땅은 바윗덩어리 같아서 텃밭도 일굴 수 없었다. 결국 고심고심하다가 내린 결단이 "풀들아, 제발 우리 마당에서 놀아라. 우리 마당을 덮어버려라!" 하고 소리치는 것이었다. 그리고 삽으로 풀을 캐다가 마당에다 심기 시작했다.

서너 차례 봄비가 다녀갔다. 햇살도 아낌없이 격려해주었다. 아, 그런데도 마당에 심어진 풀들은 제대로 뿌리를 뻗지 못하고 비실대다가 말라버렸다. 황당했다. 어처구니가 없었다. 바랭이, 제비꽃, 뱀딸기, 토끼풀, 쑥, 별꽃…… 어느 놈 하나 제대로 살지 못했다.

나는 마당에 심어진 풀들에게 날마다 물을 주고 퇴비까지 뿌려주었다. 우리 집 아래 아랫집에 살던 할아버지 할머니는 "아무리 그렇다고 잡초한테 퇴비 주는 사람은 대한민국에서 이 집뿐일 거다!" 하고 이해할 수 없다는 표정을 지었다. 내가 그럴 수밖에 없는 이유를 늘어놓아도 그분들은 잡초에다 퇴비를 주는 건 낭비라고 하였다. 장마가 들이닥쳤어도 마당에서는 별로 변화가 없었다.

어느 날 그 할아버지가 슬그머니 나를 불렀다.

"요놈의 땅이 보통 땅이 아니구먼. 요런 땅에서 풀이 나려면 몇 년은 걸려. 그래서 요런 땅에 강한 풀을 심어야 해. 자, 요걸 심어봐. 아마 한 달 안에 푸르스름해질 게야."

뿌리가 까만 그 풀은 쇠뜨기였다. 할아버지는 그 풀이 산과 들에서 사는 잡초들 중에서 모질기로 으뜸이라고 장담했다. 당신이 평생을 밭에서 온갖 풀이랑 씨름해보았는데, 쇠비름을 비롯하여 바랭이

뱀밥의 까만 뿌리는 오랜 옛날 나무였다는 것을 암시한다.
빙하기를 견뎌낸 아주 강한 생명체로 알려졌다.

뱀밥은 무리지어 돋아난다. 나물을 하려면 충분히 자란 것을 뜯어내야 한다.
그래야 마디마디 사이에 있는 치마 같은 겉껍질을 벗겨내기 쉽다.

등 모질기로 소문난 잡초들보다 쇠뜨기가 더 야무지다고 하였다.

"요것은 농사꾼들이 풀을 뽑고 돌아서면 쑥 올라와 있는 풀이야. 그만큼 잘 자라네. 두고 보게. 다른 풀은 다 죽어도 요것은 끄떡없을 테니 내년 봄이면 여기 뱀밥 천지가 될 거요. 잘됐구먼. 뱀밥은 내가 좋아하는 나물인데, 여기 와서 뜯어야겠구먼."

할아버지의 말은 과장이 아니었다. 그놈들은 한 달 만에 마당의 절반을 점령하였다. 쇠뜨기는 빙하시대를 견디어낸 생명체라고 한다. 원래는 키가 큰 나무였는데 추위에 살아남기 위해서 여러해살이풀로 진화하였다. 감나무 뿌리처럼 뿌리가 까만 풀은 쇠뜨기가 유일하다.

쇠뜨기는 햇살의 손길이 닿는 곳이라면 어디에서든 볼 수 있다. 돌담 근처는 물론 밭가, 봇도랑이나 논두렁 같은 곳, 특히 쥐구멍이나 뱀이 많이 나오는 곳에 많았다. 아이들은 버섯처럼 솟아오른 쇠뜨기의 포자를 '뱀밥'이라고 불렀다. 아이들은 뱀이 그것을 먹는다고 믿었다. 뱀밥이 시들고 나면 초록색 풀이 돋아나는데, 그것을 쇠뜨기라고 한다. 옛날에 몸이 아픈 야생 소들이 그 풀을 뜯어먹었다고 하여 '쇠띠' 혹은 '쇠뜨기'라고 불렀다.

이듬해 봄이 되자 우리 집 마당에서는 뱀밥들이 딱딱한 흙을 헤치고 고개를 내밀었다. 그들은 다른 세상에서 온 아주 작은 인간들 같았다. 뱀밥이 얼굴을 내밀자 다른 봄풀들도 돋아나기 시작했다. 봄바람도 그악스럽게 날뛰었다. 그래도 풀들은 자기들만이 통하는 목소리로 소곤거리면서 돋아나고 또 돋아났다. 그들의 대장은 뱀밥이었다.

햇살이 따뜻하게 쏟아지던 어느 날, 아래 아랫집 할아버지랑 할머니가 와서 뱀밥을 뜯었다. 나도 그분들 옆에 쪼그려 앉았다.

"어렸을 때는 뱀밥 근처에도 가지 않았어요. 그 근처에 뱀이 산다고 생각했거든요. 생김새도 무시무시하고요. 우리 동네에도 이걸 나물로 먹는 분이 계셨는데, 난 그걸 믿지 않았어요. 그분이 이상하다는 생각만 들었어요."

"생김새는 이래도 대가리를 떼어내고 껍질을 벗겨내면 싹 달라지네. 자, 보게. 색깔도 곱고 아주 맛있는 나물처럼 보이지 않는가?"

정말 그랬다. 그분들이 다듬어놓은 뱀밥 줄기는 전혀 다른 풀로 보였다. 줄기에는 마디가 있었고, 그 마디에 치마 같은 겉껍질이 있었다. 그걸 아래쪽으로 뜯어내면 얇은 줄기의 껍질이 벗겨졌다. 고구마순 껍질을 벗기는 것이랑 비슷했지만 줄기가 가늘고 짧아서

뱀밥나물을 하려면 줄기의 껍질을 벗겨야 한다. 껍질을 벗기고 나면 손톱이 까매진다. 껍질 까는 것이 힘들어서 많은 시간이 필요한 음식이다.

야생초
밥상

삶으면 연한 붉은색으로 변한다. 보기도 좋고, 씹히는 질감도 좋고, 맛도 좋다. 담백한 단맛이
난다.

훨씬 더 섬세한 노동을 요구했다. 금세 엄지손가락 손톱이 까매졌
다. 뱀밥이 짧을수록 껍질을 벗기기가 어려웠다. 바구니가 넘치도
록 고봉으로 뱀밥을 땄지만 아내가 배달해온 커피를 두 잔이나 마
시면서 꼬박 세 시간이 넘도록 다듬고 나니까 고작 한 주먹밖에 되
지 않았다.

"아이고 힘들어라. 얼마나 맛있을지 모르겠지만 쉽게 먹을 수 있
는 나물은 아니네요."

"허허허, 그래서 내가 좋아하는지도 몰라. 뱀밥은 한 열흘 남짓
볼 수 있으니까, 봄날 요때만 뜯어다 먹는 나물이여. 부지런해야 한

두 번 해먹을 수 있지. 옛날에는 하도 가난해서 요것이라도 뜯어다 보리나 조에다 넣어 밥을 해먹었어. 그러면 양이 더 늘어나서 여러 식구가 먹을 수 있었지. 요 풀은 보기보다 맛있어."

"그렇게 말씀하시니까 맛이 더 궁금해지네요."

그러자 할머니가 당장 요리를 할 테니까 집에 같이 가자고 하셨다. 그러면서 당신은 약간 떫은맛이 있어서 별로인데 영감은 뱀밥밥을 보면 사날 굶은 흥부처럼 달려든다고 하였다.

요리는 두 분이 같이 하셨다. 먼저 다듬어진 뱀밥을 살짝 데쳐서 찬물에다 넣었다. 뱀밥은 아리고 떫은맛이 있어서 30분 정도 우려내야 한다고 했다. 뱀밥을 데치자 갈색이었던 줄기가 연한 붉은색으로 변했다.

"줄기가 이렇게 변하는군요? 그 무시무시해 보이던 뱀밥이라고는 전혀 믿어지지 않아요. 줄기가 너무 예뻐요. 아린 맛이 미세하게 느껴지네요."

"나는 그런 맛이 좋다네. 이렇게 우려낸 것을 나물로 무치고 뱀밥밥을 하는데……."

할아버지가 무쳐진 뱀밥나물을 젓가락으로 집어서 먹어보라고 내밀었다.

"씹히는 맛이 참 특별하네요. 아삭아삭해요. 이러니까 옛날 사람들이 먹었겠지요. 우리 할머니랑 어머니는 거의 대부분의 풀을 뜯어다 나물로 해드셨는데, 이건 뜯지 않았어요."

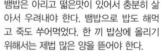

뱀밥은 아리고 떫은맛이 있어서 충분히 삶아서 우려내야 한다. 뱀밥으로 밥도 해먹고 죽도 쑤어먹었다. 한 끼 밥상에 올리기 위해서는 제법 많은 양을 뜯어야 한다.

뱀밥을 말려서 끓인 차는 아주 오래된 음식이다. 한때 항암효과가 있다고 하여
많은 사람들이 먹기도 했다. 구수하면서 약한 단맛이 오래 남는다.

"옛날 사람들은 뱀밥이 맛있는 나물이라는 것은 다 알았지만, 너무 손이 많이 가서 잘 해먹지 않았어. 옛날에는 시골이 늘 바빠서 한가롭게 반찬 할 틈이 없었거든. 그래서 손쉽게 뜯어다 살짝 데쳐서 무쳐먹는 나물을 가장 많이 먹을 수밖에 없었어."

나도 그랬을 것이라고 고개를 끄덕였다. 구수한 냄새가 코를 찔렀다. 할머니가 퍼준 밥그릇 안에는 부드러운 뱀밥 줄기가 원형을 그대로 유지하고 있었다. 그걸 달래간장에 비빈 다음 천천히 입에 넣었다.

"역시 부드럽게 씹히는 맛이 좋아요. 저도 나물보다 뱀밥밥이 더 좋네요. 밥냄새랑 달래간장 맛이 섞였는데도 뱀밥 특유의 향과 맛이 그대로 남아 있네요."

나는 이런 특별한 음식을 먹게 해주어 감사드린다고 하였다.

밥을 먹고 집에 오니까 마당가에서 작은 난쟁이들처럼 뱀밥들이 몸을 흔들고 있었다. 나도 모르게 뱀밥들에게 손을 흔들면서 고맙다고 소리치고 있었다.

닷새쯤 졸이다보면 솥단지에서 은은하게
단맛이 배어 나오고, 기다림에 지친 아이는 어른들이
없는 틈을 놀려 뚜껑을 열고 손가락으로 훔쳐서
맛을 보고는 행복한 표정을 짓는다.

16

봄날 심심한 아이들
입을 달래주던 무릇곰

무릇 : 예전에는 산비탈이나 밭가에서 많이 볼 수 있었다. 지금은 산비탈이나 밭가에도 사람들이 풀을 베지 않아 무릇을 보기 힘들다. 요즘은 무릇이 혈액순환에 좋다고 약으로 쓰이기 때문에 재배하는 사람이 많다.

몇 년 전 여름이었다. 가까운 지인들이랑 옛길을 걷다가 어느 소박한 무덤가에 앉았다. 비석이나 석상 하나 자라지 않았지만 고인이 참 편안하시겠다 싶을 정도로 주위의 눈맛이 좋았고, 어느 각도에서나 종일 햇살품이 넉넉하게 들었다. 가져온 먹거리를 먹다보니 잔디 사이로 한 뼘쯤 까치발을 딛고 고개를 내민 무릇꽃이 보였다.

"무릇꽃이네요. 제가 어렸을 때는 봄에 이걸 캐서 고아먹었어요. 그걸 무릇곰이라고 했는데, 달그작작하니 혀끝이 척척 감기는 맛이 끝내줬지요."

내 말이 끝나자마자 사람들이 무릇 뿌리를 한번 캐보자고 달려들었다. 나뭇가지나 돌멩이로 어설프게 파다보니 "이야, 이거 엄청

힘들다!"는 말이 절로 나왔다. 사람들이 30여 분이나 빠르작거리고 나서야 작은 알뿌리를 캐냈다. 부추하고 비슷하게 생긴 이파리가 남아 있는 경우도 있지만 꽃이 필 때는 이파리가 거의 없다. 사람들은 길쭉한 알뿌리를 보고 실망스런 눈빛이었다.

"에계계, 이렇게 작은 걸로 어떻게 무릇곰을 해먹어요? 곰을 하려면 며칠간 고아야 하기 때문에 제법 양이 많아야 하잖아요? 근데, 이건 한 뿌리 캐는 데 거의 한 시간이 걸리니……."

다른 사람들도 비슷한 눈빛을 보내왔다. 결국 무릇곰이란 일반 평민들은 해먹을 수 없고 지체 높은 사람들이 먹는 음식이 아니었냐고 물었다.

"그렇지는 않아요. 무릇곰하고 무릇조청은 약간 다른데요. 무릇곰은 일반 백성들이 해먹던 음식이고, 무릇조청은 지체 높은 양반들이 해먹거나 집안에 큰일이 있을 때 했지

무릇 알뿌리는 한 군데 모여서 난다. 큰 알뿌리가 작은 알뿌리를 바로 옆에다 새끼치기 때문이다. 야생에서 캔 무릇은 보통 은행알 정도의 크기다.

야생초
밥상

요. 무릇곰은 특별하게 음식 모양새에 신경을 쓰지 않은 것이고, 무릇조청은 맛은 물론이요 모양새도 신경 쓴 음식입니다. 굳이 비유하자면 무릇곰은 막걸리 같은 것이고, 무릇조청은 청주 같은 것이라고나 할까요."

그래도 사람들은 무릇곰과 무릇조청의 차이를 잘 모르겠다고 하였다. 나도 그럴 것이라고 고개를 끄덕이면서 말을 이어갔다. 요즘은 무릇이 무덤가에서 가장 많이 살아간다. 무릇한테 너는 왜 무덤가에서 사니, 하고 물으면, "여긴 인간들이 잔디를 심어놓고 키 큰 풀들을 자라지 못하게 하잖아? 그래서 우리처럼 키 작은 풀들이 살기 좋거든." 하고 말할 것이다.

예전에는 밭에서 무릇을 쉽게 볼 수 있었다. 봄날 겨우내 잠들어 있던 산밭을 쟁기로 기습하듯이 갈아엎으면, 그 서슬에 놀란 순한 알뿌리들이 당황하면서 흙고랑 사이로 굴러다닌다. 밭에서 자란 무릇은 인간들이 준 퇴비를 얻어먹는 터라 통통하게 살이 올라 있다. 연한 갈색이라 잘 보이지 않지만 경험 많은 농부들 눈을 피할 수는

무릇은 캐기도 힘들고 다듬는 일도 힘든 노동이다. 무릇곰을 하기 위해서는 알뿌리 겉껍질을 수고롭게 다듬어서 씻어야 한다. 무릇곰은 깔끔한 음식은 아니지만 다양한 맛을 느낄 수 있다.

없다. 어른들은 그것을 보이는 대로 호주머니에다 담았다. 그러니까 무릇이란 음식을 해먹으려고 일부러 캐는 것이 아니었다. 이렇게 밭농사를 시작하다보면 자연스럽게 수확되는 것이었다.

어른들은 집에 오자마자 호주머니 속에 든 무릇을 쏟아놓는다. 얇은 껍질을 벗겨내야 하기 때문에 양이 많으면 밤새도록 해야 할 만큼 성가신 일이다. 어른들은 그것을 소금물에 삶았다. 벌써 단맛을 떠올린 아이는 언제 먹을 수 있냐고 물어댄다.

"아가, 요것은 며칠 기다려야 해. 맛있는 음식이란 기다려야 만들어지는 것이야."

그 기다림의 시간은 정말 길었다. 요즘은 마트에 가면 단맛이 든 군것질감이 널려 있지만 옛날에는 단맛 음식은 그렇게 오랜 시간이 걸려야만 나오는 것이었다.

어른들은 삶아낸 무릇을 적당히 물에 담가 아린 맛을 뺐다. 그런 다음 솥에다 물을 붓고 말려놓은 둥굴레랑 쑥이랑 무릇을 넣은 다음 약한 불로 졸이기 시작한다. 아침저녁으로 아궁이에다 한 번씩 불을 먹이면서 솥단지를 열고 맛을 보는데, 단맛이 돌지 않으면 칡뿌리 같은 단맛이 있는 것을 넣기도 했다. 고구마가 남아 있으면 그것도 같이 넣었다. 엿기름이랑 쌀로 식혜를 만들어서 하는 사람도 있었다. 아무리 단맛이 간절해도 설탕을 넣지는 않았다. 그렇게 닷새쯤 졸이다보면 솥단지에서 은은하게 단맛이 배어 나오고, 기다림에 지친 아이는 어른들이 없는 틈을 놀려 뚜껑을 열고 손가락으로 훔쳐서 맛을 보고는 행복한 표정을 짓는다.

"그게 무릇곰입니다. 어른들은 쑥으로 개떡을 만들어주면서 무릇곰에다 찍어먹게 하였지요. 보통 작은 간장종지에다 무릇곰을 주었는데, 아이들은 금세 먹어치우고는 또 달라고 조르곤 했지요. 그럼 무릇조청은 뭐냐? 그건 단맛이 더 강한 음식입니다. 우선 엿기름과 쌀로 식혜를 만들어요. 그 식혜에다 무릇을 넣고 푹 삶아요. 무릇이 물러질 즈음 건더기를 건져서 짜내요. 그 물을 졸이면 말끔한 조청이 됩니다."

말은 무릇조청이라고 하지만 엄밀하게 보면 엿기름과 쌀로 만들어진 조청에 무릇이 조연급으로 들어가는 음식이다. 무릇의 향과 좋은 성분이 조청으로 녹아들기 때문에 나이든 어른들이 좋아하는 음식이었다. 주로 환갑이나 칠순잔치처럼 어른들 생신날 떡이랑 짝꿍으로 올라왔다. 조청을 하는 방법은 사람에 따라 지역에 따라 다 다르다.

"아하, 이제야 무릇곰이 막걸리하고 비슷하고, 조청이 청주하고 비슷하다는 말을 알겠네요. 곰이 더 투박한 음식이네요. 그리고 조청보다 곰이 더 몸에 좋을 것 같아요. 무릇 건더기도 먹고, 다른 풀들도 넣어서 같이 먹는다고 하니 얼마나 몸에 좋겠어요?"

"맞습니다. 조청이 더 깔끔하고 폼이 나지만 진짜 맛있는 음식은 무릇곰입니다. 그 안에다 별것 다 넣어서 먹거든요."

우리 어머니는 무릇곰을 해달라고 하면, "그런 음식은 일없이 한

무릇조청은 다른 음식이랑 같이 먹는
다. 떡에다 조청을 찍어먹으면, 비록
떡이 주연이지만 조연인 조청이 더 빛
난다.

소금물에 우려낸 무릇을 써도 그 아린 맛이 남는다. 무릇조청은
아린 듯한 단맛으로 먹는 음식이다. 이 맛이 중독성이 강해서 나이든 어른들이
가장 그리워하는 음식 중 하나다.

가한 사람이나 해먹는 것이여." 하고 땅이 꺼지도록 한숨방아를 찧었다. 그래도 밭일을 하고 돌아오거나 남의 밭일 품앗이를 다녀온 어머니의 몸뻬바지에서는 항상 무릇 알뿌리가 쏟아져 나왔다. 우리는 혹시나 조청을 먹을지도 모른다는 기대감으로 어머니를 훔쳐보기도 했다. 어머니는 장독대에다 모아둔 무릇 뿌리를 씻어서 아린 맛을 뺀 다음 식초가 들어간 간장에 넣어 장아찌를 만들었다. 무릇 장아찌가 밥상에 오르면 어른들은 앞다퉈 "아따 맛있네!" "요것 우리도 좀 주소." 하고 아삭아삭 씹어대지만, 우리는 속으로 '맛이 하나도 없어.' '저걸로 무릇곰을 했으면 얼마나 좋을까?' 하며 눈짓으로 말을 주고받았다. 무릇장아찌는 동네 어른들에게는 최고의 인기였지만 아이들에게는 달디단 곰을 떠올리게 하여 입맛이 달아나게 하였다.

무릇 음식은 봄하고 색깔이 맞았지만 가끔씩 드물게 여름에 하는 경우도 있었다. 나도 여름에 무릇을 캐본 적이 있었다. 마을 부잣집 어른의 칠순잔치에 쓸 조청을 만들기 위해서 무릇을 캐달라는 부탁이 들어왔다. 다음날 우리 식구는 산밭 주위에서 무릇을 캤는데, 막상 꽃대를 밀어올리고 예쁘게 핀 꽃을 보자 "할머니, 캐지 마세요. 꽃이 너무 예뻐요." 하는 말이 입안에서 뱅글뱅글 돌았다. 그만큼 무릇은 꽃이 예쁘다.

무릇을 전라도에서는 '물구' 혹은 '물금'이라고 하였다. '물구지'라고 부르는 지역도 있고, '물굿잎'이라고 부르는 지역도 있다.

요즘은 밭에 가서도 무릇을 보기 힘들다. 인간들이 곡식을 키우는 밭이란 밭에는 이미 까만 비닐이 점령한 지 오래다. 그러니 무릇이 밭을 묻고 살 수가 없다. 숨을 쉴 수가 없다. 오직 인간의 손발만을 편하게 하기 위해서 들여온 비닐은 밭이라는 땅을 대자연 속으로 완벽하게 격리시켜버렸다.

무릇 조청을 만드는 과정에서 나오는 엿밥이다. 아리면서 달달하게 맛이 든 이 엿밥도 별미다.

결국 무릇은 밭을 떠나 사방으로 흩어져 고난의 행군을 하였다. 큰 알뿌리가 작은 알뿌리를 분가시켜 후손을 늘려가는 무릇은 벌초가 잘 된 무덤가에서 집성촌을 이루며 살아간다. "무릇은 이렇게 고마운 풀이었습니다……."

나는 다시금 그것들을 보면서 새삼 반갑다고 속삭였으며 진심으로 그대들이 대자연 속에서 행복하게 살기를 바란다고 손을 흔들어주었다.

내가 인간이 아니라
50년을 넘게 살아온 황새냉이 같았다.
하지만 오늘 우리가 먹었던 그 황새냉이 뿌리보다
훨씬 작게 느껴졌다.

추억과
함께 먹는
야생의 맛

민물김은 환경에 아주 예민해서 태풍에
흙탕물이 한 번 휩쓸고 지나가면 수년 동안
아예 나지도 않는다. 물론 수온이 높아지면
다 죽어버린다. 특이하게도 눈이
많이 내린 해는 민물김이 풍년이 든다.

17

사위 맞을 때 밥상에 올린
민물김국

민물김 : 미끌미끌한 잔돌에 달라붙어서 사는 민물김은 워낙 작아서 딸 때도 품이 많이 든다. 조금이라도 비가 많이 내리면 그해 수확량이 줄어든다. 김처럼 먹기도 했고, 미역처럼 국을 끓이기도 했다.

평소 가깝게 지내던 후배작가가 청첩장을 들고 인사차 찾아왔다. "이야, 나이가 사십이 가까워지는데도 새신랑이라고 하니까 얼굴에서 빛이 나는 것 같네."

그렇게 농담을 하고 나니까, 늦깎이 장가를 가는 후배의 얼굴이 진짜 맑아 보였다. 신부의 고향은 강원도 삼척이라고 했다. 후배는 처갓집이 시골이라서 좋다고 하면서 "혹시 민물김으로 끓인 국 먹어봤어요?" 하고 나를 보았다. 나는 잘못 들은 게 아닌가 하여 일부러 아무런 반응을 하지 않았다. 그랬더니 후배가 다시 말했다.

"이번에 가니까 장모님이 민물김으로 국을 끓여주시더라고요. 원래는 가난하던 시절에 먹었던 것인데, 이제는 귀한 음식이 되었으니

/ 추억과 함께 먹는
/ 야생의 맛

209

귀한 손님에게 대접해야 한다면서요. 그걸 사위한테 대접하려고 장모님이 직접 계곡에 가서 따셨다고 하는데…… 저 감동 먹었어요."

"이게 뭔 소리야? 민물김이라니?"

내가 후배 옆에 있는 신부를 보면서 물었다. 신부는 그냥 새물새물 웃고만 있었고, 후배가 송아지처럼 큰 눈알을 굴렸다.

"진짜 민물김이라니까요!"

"설마? 잘못 들은 거겠지. 어떻게 산골짜기에서 김이 나?"

"먹거리에 대해서 관심이 있는 사람들은 다 알아요. 유명한 만화책 『맛의 달인』에도 나오고, 일본 만화책에는 자주 나와요. 일본에

천연기념물인 삼척 초당굴. 길이가 6km에 달하는 국내 최대 석회동굴이다. 이 동굴에서 나온 차고 맑은 물이 민물김을 자라게 한다.

야생초
밥상

서는 이것을 물에 담그면 녹색을
넘어 푸르게 보인다고 하여 '세이란
(청람, 靑藍)'이라고 불러요. 민물김
은 일본하고 한국에서만 난대요."

그 정도로 말을 하니 믿지 않을
수 없었다. 민물김은 1급수의 맑고
차가운 물에서만 산다고 했다. 그
맛은 민물의 해감내는 아니고 뭐라
딱 잘라 말할 수 없는 오묘한 맛이
나는데 후배는 그것을 '강의 맛'이
라고 표현했다.

소한천 상류 바위에 달라붙은 민물김.
붉은색인 바다김과는 달리 녹색을 띠고
있는 것이 특징이다.

"강의 맛이라니? 난 강변마을에 살아서 강물을 많이 먹어봤는
데…… 약간 비릿하면서 풀내가 난다고나 할까, 그런 맛이야?"

후배는 고개를 흔들었다. 자기만 알고 있는 강의 맛이라고 하면
서, 자기도 살아오면서 그런 맛은 처음 느껴보았다고 했다. 옆에 있
는 신부가 입을 열었다.

"사실 그게 사람에 따라 맛 차이가 많이 나서, 어떤 사람은 그냥
심심해서 아무런 맛을 못 느낄 수도 있어요. 근데 먹을수록 오묘한
맛이 나요. 저 어렸을 때는 자주 먹었거든요. 그때는 귀하지 않았어
요. 한 삼십 년 전만 해도 쉽게 뜰 수 있었죠. 마을 어른들도 그
맛을 다 다르게 이야기해요. 구워 먹으면 고소하고 논메뚜기 구운

추억과 함께 먹는
야생의 맛

햇살을 많이 받지 않아도 짙은 녹색을 띠고 있다. 줄기는 미끈거리지만
그 특유의 탄력이 있다. 물살이 강한 곳에서 살기 때문에 줄기가 길지 않다.

냄새가 난다고 하기도 하고, 수박 냄새가 난다고 하는 사람도 있고, 물내는 좀 나도 바다김보다 더 고소하다고 하고, 부드럽고 향긋하다고 하고, 바람 냄새가 난다고도 하고…… 아무튼 강원도 다른 지역에서도 민물김이 자생했는데 탄광개발로 다 멸종하고, 지금은 희귀식물이 되어버렸대요……."

후배는 휴대전화를 끄집어내더니 사진을 보여주었다. 맑은 물이 흐르는 계곡에 돌출되어 있는 크고 작은 바위가 파란 이끼로 덮여 있었다. 내 눈에는 물이끼로 보였는데, 후배는 그중 한 군데를 손가락질하면서 "이게 민물김입니다." 했다.

그러고 보니 줄기가 가느다란 이끼보다는 넓적했다. 작은 파래 같았다. 사진으로만 봐도 물이 얼마나 맑고 차가운지 알 수 있었다. 주위에는 큰 나무들이 계곡에다 발을 담그며 살고 있어서 적당히 햇살을 가려주었다. 그래야만 수온이 올라가지 않고 한여름에도 20도 이하의 수온을 유지할 수 있다. 민물김은 환경에 아주 예민해서 태풍에 흙탕물이 한번 휩쓸고 지나가면 수년 동안 아예 나지도 않는다. 물론 수온이 높아지면 다 죽어버린다. 특이하게도 눈이 많이 내린 해는 민물김이 풍년이 든다. 그건 높은 산에서 눈 녹은 맑은 물이 풍부하게 흘러내리기 때문이다.

"그러니까 저 민물김도 원래는 바다에서 살았는데, 열목어나 송어 같은 물고기들처럼 환경이 변해서 민물로 이동하여 살게 된 경우인가?"

민물에 사는 물이끼와 비슷하지만
이파리가 넓은 편이다. 찬물의 수량
과 온도가 일정해야 한다. 이런 조건
이 맞는 곳은 거의 찾아보기 힘들다.

내 말에 후배 옆에 있는 신부가 고개를 끄덕여주었다. 그래서 민물김은 바다에서 가까운 계곡에서만 자란다고 하였다. 그것도 물이 차갑고 맑은 곳에서만 볼 수 있다. 그러니 열목어나 송어 같은 냉수성 어류하고 사는 곳이 일치한다. 열목어나 송어도 옛날에는 바다에서 살다가 민물로 와서 적응하여 살고 있다. 그런 생각을 하면 식물이라고 바다에서 민물로 이동하여 살지 말라는 법이 없다. 씨앗이 바람을 타고 왔을 수도 있고 동물들 몸에 묻어서 왔을 수도 있고, 그것도 아니면 먼 옛날 지각변동을 일으키기 전에는 한반도가 바다였을 수도 있다. 어쨌든 나는 한 번도 본 적이 없는 민물김의 존재를 확실하게 인정하였다.

"아무튼 바닷사람이 아니라 극소수의 산사람들만이 먹는 그 귀한 민물김을 먹었다는 것이네. 근데 그걸 바다김처럼 먹는 게 아니라 국을 끓여 먹었어? 우리 어린 시절에는 바다김도 엄청 귀했어. 우리나라 김을 일본사람들이 다 사간다고 해서 비싸게 팔렸어. 김은 '해우'라고 하여 명절날에나 올라오는데, 그것도 손님상에만 조금 올라왔지. 그거 한 장 먹어보려고 손님이 제발 남겨놓고 가기를 얼마나 바랐는지 몰라. 손님이 가면 재빠르게 상에 남겨진 김을 들고 밖으로 나와서 씹어먹었는데, 그 약간 짭짤하면서도 비린 듯 미묘한 맛이 참 좋았어."

신부가 나를 보고 조용히 입을 열었다.

"우리 고향에서는 그게 출산하고 관련 있거든요. 여기에서는 생일날 보통 미역국을 먹잖아요? 근데 우리 고향에서는 민물김국을 먹어요. 아기를 낳았을 때도 미역국이 아니라 민물김국을 먹었지요. 봄가을에 아주 잠깐씩 돋아나는 그것을 뜯어서 말려뒀다가 먹었어요. 이걸 언제부터 먹었는지 그건 몰라요. 마을 어른께 물어보면 '너희 엄마의 엄마, 그 엄마의 엄마 때부터 먹었을 거야.' 하고 말씀하시죠. 지금은 이게 몸에 좋다고 하고, 일본에서는 여러 가지 약으로도 개발이 되고 있지만요, 처음에는 몸에 좋아서 먹게 된 것은 아니래요. 워낙 가난해서 바다에서 나는 미역이나 김을 사먹을 수가 없었던 거죠. 아기를 낳아도 미역 살 돈이 없는 거예요. 근데 누군가의 눈에 바다김이랑 비슷한 것이 보여서 그걸 뜯어다 끓여먹게 된 거죠. 그때는 이게 강원도 골짜기에 사는 가난한 사람들만이 먹는 음식이었는데, 이제 세상이 달라진 거죠. 마을 어른들도 그렇게 말씀하세요. 이제는 미역국보다 낫다고요. 애기 낳고 배 아픈 데 최고요, 바람(산후풍)에도 좋고, 나쁜 피도 빼고, 피도 맑아진다고요. 민물김이 미역하고 비슷하니까 국을 끓여먹었는데, 그게 미역보다 더 좋은 것이라고요. 물론 아이들은 국보다는 말려서 구운 것을 더 좋아했지요. 그게 밥상에 올라오면 다른 반찬보다는 그것만 먹으려고 했거든요. 저희 어렸을 때까지만 해도 봄가을이면 늘 밥상에 오르던 반찬이었어요. 그래서 우린 다른 지역 사람들도 다 그걸 먹는 줄 알았어요. 운동회 때 다른 지역 아이들이 김밥 싸온 걸 보고, 그것도 민물김으로 싸는 줄 알았거든요."

민물김은 오묘한 맛이 난다. 구워먹으면 고소하고, 수박 냄새가 나기도 하고, 부드럽고 향긋한 바람 냄새가 나기도 한다. 이걸 많이 먹으면 흰머리도 안 나고 잘 늙지도 않는다고 전해진다.

고기 한 점 넣지 않고 김만 부숴 넣어 끓였다니, 오늘날 산후조리용 미역국과 비교해보면 초라하다. 그래도 이 단순한 국이 산모의 기운을 보충하는 데 무리가 없었고, 젖도 풍부하게 잘 돌게 해갓 태어난 아이의 건강까지도 책임졌다.

"저는 구운 김도 먹어봤는데, 구수하니 기가 막히던데요. 근데 이게 따기가 힘들대요. 바위가 미끄러워 넘어지면 큰일난대요. 아무리 잘 따는 사람이라고 해도 하루 종일 한 소쿠리도 못 딴대요. 그리고 처갓집 마을이 장수촌인데 그 민물김을 많이 드셔서 그렇대요. 그걸 많이 먹으면 흰머리도 안 나고, 잘 늙지 않는대요. 요즘은 아토피에 좋다고 해서 난리라고 해요. 이게 워낙 수확량이 적어서 아주 비싸게 팔리지만, 마을 분들은 다들 당신 자식들 주려고 팔지도 않는대요."

내가 한 번 먹어보고 싶다고 하자 결혼하고 집들이 때 대접을 하겠다고 하였다. 그러면서 서울내기인 후배는 고향을 하나 더 얻은 기분이라면서, 처갓집 갈 때가 제일 좋다고 떠벌렸다. 나는 고향을 하나 더 얻은 기분이라는 후배의 말이 은근히 부러웠다.

내가 인간이 아니라 오십 년을 넘게 살아온
황새냉이 같았다. 하지만 오늘 우리가 먹었던
그 황새냉이 뿌리보다 훨씬 작게 느껴졌다.

할아버지가 좋아하셨던
황새냉이밥

황새냉이 : 주로 습기가 많은 곳에서 자란다. 황새냉이 줄기에
는 비타민 A와 C가 풍부하여 100g만 먹어도 성인이 하루에
필요로 하는 비타민 A의 1/3을 섭취할 수 있다. 무침, 장아찌,
국, 차, 효소, 튀김 등 다양한 음식으로 해먹는다.

땅에서 살아 있는 씨앗들이 맹렬하게 터져 나오던 4월 어느 날이
었다.

불쑥 서울에서 사촌누이가 찾아왔다. 근처 친구네 집에 왔다가
생각나서 들렀다고 하면서 마당을 휙 둘러보더니 쑥내를 맡으니까
갑자기 식욕이 솟구친다고 하였다. 그이는 요새 매사에 의욕도 없
으며 밥맛을 제대로 느끼면서 밥을 씹어본 지도 오래 되었노라고
조심스럽게 입을 열었다. 그제야 나보다 두 살 어린 누이의 마른 얼
굴에 드리워진 그늘을 느낄 수가 있었다. 누이는 저런 쑥을 캐다가
국을 끓여 먹으면 좋겠다고 했다.

"걱정 마. 내가 쑥 캐다가 국도 끓여주고…… 아 참, 냉이도 많은

데. 쑥은 캐서 집에 가져가고 냉잇국 먹고 가라."

누이는 어느새 텃밭으로 가서 손으로 냉이 몇 뿌리를 캐더니, 고
놈이 참 잘생겼다고 하였다. 나는 누이를 보면서, 역시 농부의 후손
답다고 하였다. 호미도 없이 손으로 냉이를 쉽게 캐낼 수 있는 사람
은 농부의 자식들밖에 없다.

"오빠, 냉이를 보니까 할아버지 생각이 나면서 황새냉이가 떠오
른다. 나는 중학교 졸업할 때까지 할아버지랑 같이 잠을 잤잖아?
어른들이 나를 보면 내 몸에서 할아버지 냄새가 난다고 할 정도로.
할아버지는 유독 황새냉이를 좋아하셨어. 냉이는 쳐다보지도 않았
어."

황새냉이는 줄기보다 뿌리가 더 길고 무
성하게 자란다. 특히 봄에는 이파리에 비
해서 뿌리가 비대해 보인다. 봄에 캔 뿌
리는 굵고 길어도 전혀 뻣뻣하지 않다.

/ 야생초
/ 밥상

불의의 사고로 이모와 이모부가 돌아가시자 어린 누이는 할아버지 할머니의 보살핌을 받으며 자랐다. 특히 막내인 누이는 할아버지의 각별한 보살핌을 받았다고 한다.

"할아버지는 할머니가 냉이를 캐오면, 그것은 냄새가 너무 강해서 지랄이여. 황새냉이를 캐오소. 황새냉이야말로 냄새도 은은하고, 뿌리 씹히는 맛도 좋고, 봄나물 중에서 제일이제, 하고 할머니를 닦달하셨어. 그러면 할머니는 아무런 대꾸도 안 하시고는 혼자 들로 나가서 바구니 가득 황새냉이를 캐오셨어. 황새냉이는 이파리보다 뿌리의 비중이 훨씬 크지. 아마 뿌리와 이파리의 비율이 7:3 아니면 8:2 정도 될걸. 오빠, 황새냉이 어디 없을까? 그게 먹고 싶어. 내가 캐올게."

나는 호미를 들고 앞장섰다. 누이가 따라오면서 진짜 황새냉이가 있냐고 몇 번이나 물었다.

"물론 많지는 않아. 요새 텔레비전에 황새냉이에 대한 이야기가 자주 나오는 모양이야. 한 번 텔레비전에 나오고 나면 확 달라. 날마다 외지인들이 차를 몰고 오는데, 그 안에서 삽이며 곡괭이까지 온갖 연장들이 다 나와. 그걸로 황새냉이만 골라서 캐가더라고. 그게 냉이보다 몸에 좋고, 불면증이며 변비며 암이며 어디어디에 좋다고 야단이야……."

누군가 황새냉이를 캐간 구덩이를 가리키자, 누이는 자신도 나이가 드니까 그런 이야기가 나오는 텔레비전 프로를 좋아하게 된다

황새냉이는 냉이보다 맛이 부드럽고 깊다. 냉이의 맛을 부담스러워하는
사람들까지 좋아한다. 냉이보다 더 무난한 음식이다.

고 하면서 쓸쓸하게 웃었다. 눈에 잘 보이는 논두렁에는 황새냉이가 씨도 없이 말라버렸다. 외지인들이 가장 좋아하는 나물은 쑥이 아니라 미나리와 황새냉이였다. 더구나 황새냉이는 이곳에 사는 여자들 사이에서도 가장 인기가 좋은 나물이었다. 그녀들은 황새냉이를 거의 만병통치약처럼 생각하였다. 그나마 다행인 것은 우리 집 뒤쪽 산밭의 황새냉이들은 무사했다. 그곳이 밭이라 아무도 황새냉이가 있으리라고는 생각하지 못했기 때문이다. 밭이었지만 습기가 많은 땅이라 황새냉이들이 잘 자랐다.

"자, 여기 많다. 마음껏 캐라."

"와아, 진짜 많네. 어렸을 때 보고 처음 봐."

누이의 얼굴로 봄볕이 벌떼처럼 달라붙었다. 누이는 그런 봄볕을 환하게 받아들이며 웃었다. 조금도 자신의 표정을 감추지 않는 모습이었다.

황새냉이의 잔이파리가 수북하게 모여 있었다. 그것이 냉이랑 다르다. 냉이가 땅속뿌리를 중심으로 이파리를 동그랗게 펼쳐서 햇살을 모은다면 황새냉이는 잔 이파리를 아무렇게나 위로 뻗어 올렸다. 냉이의 몸단장이 깔끔하고 아주 단정하다면 황새냉이는 몸단장에는 전혀 신경을 쓰지 않는 성격이었다. 누이는 호미를 그러쥐고 야무지게 황새냉이 뿌리를 파기 시작했다. 냉이도 가을에 싹이 나서 겨울을 견디어낸 것들은 뿌리가 제법 깊다지만 황새냉이는 보통 두 뼘 이상은 되었다. 그러다보니 누이는 금세 지쳐버렸다.

"오빠, 이거 장난 아니다. 난 황새냉이 뿌리가 이렇게 깊이 뻗었는지 몰랐네. 난 할머니가 캐온 황새냉이 뿌리가 엄청 크다는 걸 알면서도, 이걸 캘 때 힘들었겠구나 하는 생각은 한 번도 해보지 않았어. 파도 파도 끝이 없어. 이걸 중간에서 자를 수도 없고…… 와아, 나무 뿌리 같아."

"너 제대로 걸렸다. 네 힘으로 끝까지 파봐라. 얼마나 뿌리가 큰지. 멋모르는 여자들이 황새냉이를 쉽게 알고 덤볐다가 낭패를 당하지. 그래서 대부분은 황새냉이를 제대로 캐지 못하고 중간에서 뿌리를 끊어버리더라. 하지만 이걸 끝까지 캐봐야 그제야 황새냉이를 아는 것이지."

누이는 열 번 넘게 쉬어가면서 황새냉이라는 거대한 우주를 캐냈다. 내가 봐도 대단한 생명체였다. 가운데 중심이 되는 줄기는 누이의 새끼손가락만큼 굵었으며, 그곳에서 새끼를 친 잔뿌리들이 스물다섯 개나 되었다.

"오빠, 이 황새냉이는 얼마나 살았을까? 고작해야 이 년 아니면

황새냉이밥은 봄날 식욕을 돋우는 음식으로 유명하다.
황새냉이를 잘게 썰어 쌀과 함께 섞어서 밥을 하면, 약하게 느껴지는
알싸한 맛과 단맛이 구수한 밥내와 어우러져서 식욕을 돋운다.

삼 년이겠지? 근데 대단해 보인다. 수백 년을 살아온 것 같아. 이 뿌리들 봐. 여기에서 얼마나 많은 씨앗들이 열렸다가 퍼져나갔겠어? 새삼 위대해 보인다.”

나는 아무런 대꾸도 하지 않고 슬그머니 웃었다. 내가 보기에도 그 황새냉이는 수백 년 살아온 것처럼 보였다. 누이는 그 옆에 있는 황새냉이 네 뿌리를 연달아 캔 다음 물이 있는 곳으로 가서 씻었다. 그러자 황새냉이 뿌리가 더 커 보였다. 누이는 그걸 대충 다듬었다.

“하하, 황새냉이 뿌리 다듬는 일이 마치 닭이나 오리 잡는 것만큼이나 힘드네. 뿌리를 적당히 잘라내고, 그 사이사이에 있는 흙을 씻어내는 일이 보통이 아니야. 이렇게 힘든 일을 할머니는 한 번도 힘들다는 불평을 하지 않고 뚝딱뚝딱 해내셨어. 새삼 할아버지가 얼마나 호강하며 사셨는지 느껴지네. 그 맛있던 황새냉이 밥에는 할머니의 엄청난 노동이 숨어 있었구나! 틈만 나면 황새냉이 캐다가 밥을 해서 할아버지 밥상에다 고이 모셔 올렸는데, 이제야 그 밥이 왜 그렇게 맛있었는지 알겠네.”

“황새냉이 뿌리를 잘게 썰어서 쌀에다 섞어 밥을 하면, 황새냉이 특유의 냄새가 구수하게 입맛을 자극하곤 했는데…… 하도 할아버지가 그 밥을 좋아하시니까, 황새냉이를 많이 캐다가 뿌리를 말려 두기도 했어. 그리고 겨울에도 그 말린 것을 물에 불려서 밥을 해드리곤 했지. 오빠, 오늘부터는 할아버지보다 할머니 생각이 더 많이 날지도 모르겠어. 할머니 산소에 갈 때는 황새냉이밥이라도 해서

황새냉이는 뿌리가 아주 커서 몇 뿌리만 캐도 밥상을 넉넉하게 해주었다. 밥에도 넣고, 국도 끓이고, 나물도 하는데 그 맛이 다 다르다.

가야겠네. 같은 여자인데도 난 할머니 생각은 거의 안 했거든. 이상하게도 할아버지 생각만 났는데, 괜히 눈물이 나려고 하네……."

나는 아무런 말을 하지 않았다. 그 어떤 말도 할 수가 없었다. 누이의 어린 시절 동무였던 봄바람만이 다가와서 그녀의 얼굴이랑 머리카락 그리고 물기에 젖은 손을 어루만져주었다.

아내가 황새냉이로 음식을 만들기 시작했다. 잘게 썰어서 밥을 하고, 살짝 데쳐서 무쳤다. 밥상을 차리자마자 누이가 먼저 황새냉이 나물을 집어먹었다.

"와아, 역시 맛있네. 꼭 할머니 맛이 느껴지네. 언니 음식솜씨가

보통이 아니구나! 어렸을 때는 이런 맛을 몰랐어요. 그냥 할아버지
가 좋아하시니까 같이 먹었는데, 지금 먹어보니 냉이 특유의 알싸
한 향도 있고 단맛도 있고 봄풀 특유의 풋내도 느껴지네요."

"아니에요. 이건 아무렇게나 무쳐도 맛있는 나물이에요."

누이는 음식을 먹다가 먼먼 기억 속에 묻혀 있었던 뭉클뭉클한
순간들이 떠오르는지 눈을 감기도 했지만 맛있게 밥그릇을 비웠다.
그리고 일어설 무렵에 나랑 아내의 손을 꼭 잡았다.

"너무 고마워요. 이제 살 것 같아요."

"뭐 이런 게 대수라고요? 언제든지 먹고 싶으면 오세요."

"그래, 언제든지 생각나면 와."

우리는 그렇게 손님을 배웅했다. 그리고 돌아서는데 내가 인간이
아니라 50년을 넘게 살아온 황새냉이 같았다. 하지만 오늘 우리가
먹었던 그 황새냉이 뿌리보다 훨씬 작게 느껴졌다.

젓가락보다 더 통통한 메꽃뿌리는
땅속에 얕게 묻힌 채 사방으로 뻗어가면서
안전하게 번식을 해나간다.
그러기 위해서는 지독하게 시리고 추운
겨울을 이겨낼 배짱이 있어야 한다.

19

야생고구마 샐러드,
메꽃뿌리

메꽃 : 나팔꽃하고 비슷한데, 색깔은 조금 연하다. 나팔꽃은 한
해살이풀로 겨울을 나지 못하지만 메꽃은 땅속뿌리로 월동을
한다. 땅속뿌리를 덩굴처럼 뻗어서 번식하기 때문에 뿌리가 아
주 길쭉하다.

    무엇이든 여물게 하는 가을바람이 코스모스 꽃을 살랑살랑 흔들
어대던 토요일 오전이었다. 차에서 내려 마당으로 들어오던 손님들
도 살랑살랑 흔들리는 것 같았다. 손님들은 내가 좋아하는 후배작
가 내외였다. 하도 오랜만에 보는 얼굴인지라 그동안 밀린 안부인
사도 길었고, 반가움과 그리움을 표현하는 눈빛도 깊었다. 차를 한
잔 마시고 나서야 아내는 점심을 준비하겠다고 하면서 집으로 들
어갔고, 후배작가 내외는 마당을 둘러보기 시작했다.

    "어, 저거 고구마 꽃이다. 인터넷에서 봤던 그거다!"

    후배작가가 남편을 보고 말했다. 그제야 후배작가의 남편도 마당
끝에 있는 텃밭 안으로 몇 걸음 질러가더니 휴대폰을 꺼내서 사진

을 찍었다. 내가 다가가자 후배작가가 다시 말했다.

"신기하네요. 이게 보기 힘들다고 하던데, 이렇게 많이 피었네요? 올해 선생님한테 좋은 일이 생기려나봐요."

그 말에 나는 싱겁게 웃어버렸다.

"에이, 그렇지 않아요. 저도 몇 년 전까지만 해도 막 흥분했는데, 이제 안 그래요. 요즘은 흔해요. 언론에서는 귀하다, 보기 힘들다 하고 떠들어대는데, 그건 모르고 하는 소리죠. 물론 몇 년 전까지만 해도 보기 힘든 꽃이었죠. 근데 호박고구마라고 하는 신품종이 나오면서 이상하게도 꽃을 자주 피우더라고요. 옛날 품종, 그러니까 밤고구마나 물고구마는 꽃을 피우지 않아요. 그런데 어찌된 영문인지 호박고구마는 꽃을 자주 피우더라고요. 키우기는 호박고구마가 밤고구마에 비해서 훨씬 어렵거든요. 고구마 순을 심어도 잘 죽고, 밑도 크게 들지 않아요. 그런데 아마 야생성이 더 있는 모양이에요. 그러니까 꽃을 피우지요."

"어, 그런데 고구마 이파리가 나팔꽃 이파리랑 비슷하게 생겼네요?"

후배작가가 물었다. 나는 고구마랑 나팔꽃은 서로 사촌지간이라고 말했다. 우리나라 사람들이 유독 좋아하는 나팔꽃, 어두운 곳에서 밝은 곳으로 덩굴을 뻗어가면서 꽃을 피우는 나팔꽃이 고구마와 사촌간이라니, 후배작가는 믿어지지 않는다고 했다. 텃밭에 있던 후배작가의 남편이 "어어, 근데 이쪽은 벌써 꽃이 졌네!" 하고 소

야생초
밥상

꽃이 연하고 뒷동산 무덤 주위에 많아서 '송장나팔꽃'이라고
도 한다. 산과 들, 그리고 도시에도 흔한 풀이다. 옛날 가난
한 사람들이 많이 캐다 먹었다. 재배하는 고구마보다 영양이
더 풍부하다.

리쳤다. 고구마꽃은 나팔꽃처럼 아침에 피었다가 점심나절에 시든다. 햇살이 강하면 더 일찍 시들고, 약하면 더 늦게 시든다.

"근데, 왜 나팔꽃은 뿌리가 가늘어요?"

"아마도 겨울을 날 수 없으니까 땅속뿌리를 포기하고 씨앗에다 공을 들인 것이 아닐까 생각해요. 그게 더 현명하다고 생각한 것이겠죠. 나팔꽃하고 비슷하게 살아가는 메꽃은 전혀 다르거든요. 가만 있자 메꽃이 어디 있었는데……."

나는 그들을 데리고 집 뒤란으로 돌아갔다. 다행히 울타리 아래 메꽃이 피어서 그들을 반갑게 맞이했다.

"어, 이거 나팔꽃이죠?"

후배작가가 말하자, 그녀의 남편이 아니라고 속삭였다.

"저건 메꽃이야. 우리 어린 시절에는 송장나팔꽃이라고 불렀어. 나팔꽃보다 색깔이 연하고, 주로 돌무덤가나 뒷산의 크고 작은 무덤가에 많았거든."

후배작가의 남편은 메꽃이 강이나 바닷가에도 많다고 말해주었다.

"맞아요. 그리고 메꽃은 다른 풀들이 잘 자라지 않는 건조한 곳도 좋아해요. 그러니까 강한 풀이죠. 게다가 고구마는 땅으로 기어다니지만 메꽃은 위로도 올라갈 수 있으니, 어떤 상황에서도 살아갈 수가 있죠. 이놈들도 고구마나 나팔꽃 사촌입니다. 이놈들은 나팔꽃하고 달리 땅속뿌리로 월동을 해요. 우리 한번 파볼까요?"

/ 야생초
밥상

내가 호미랑 모종삽을 그들 앞으로 내밀었다. 가느다란 메꽃줄기 밑을 파자 하얀 뿌리가 드러났다.

"와아, 저게 뿌리예요?" 후배작가 내외가 동시에 놀라는 눈빛이었다.

"저도 어린 시절에 메꽃을 많이 보고 자랐는데, 메꽃이 저런 뿌리가 있는 줄은 몰랐네요. 아주 길쭉하네요. 와아, 엄청 많다. 땅속 광케이블처럼 뻗어 있네."

후배작가의 남편이 신기해하면서 더욱 빠르게 메꽃뿌리를 파냈다. 젓가락보다 더 통통한 메꽃뿌리는 땅속에 얕게 묻힌 채 사방으로 뻗어가면서 안전하게 번식을 해나간다. 그러기 위해서는 지독하게 시리고 추운 겨울을 이겨낼 배짱이 있어야 한다. 메꽃의 뿌리는 추위를 견디기 위해서 고구마처럼 뿌리에다 물렁하게 살을 찌우지 않았고, 가늘고 얇게 자신의 몸을 단련시켰다.

"이게 야생고구맙니다. 먹어보세요."

내가 하얀 메꽃뿌리를 툭 분질러서 그들에게 내밀었다. 그들은

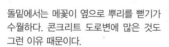
돌밑에서는 메꽃이 옆으로 뿌리를 뻗기가
수월하다. 콘크리트 도로변에 많은 것도
그런 이유 때문이다.

메꽃뿌리를 생으로 씹으면 생밤이나 생고구마 같다. 멧돼지들이 오래 전부터
캐먹는 풀이었다. 그걸 말려서 가루를 내어 떡이나 죽을 해먹기도 했다.

대충 흙을 털더니 입에 대고 살짝 씹어보았다. 후배작가의 남편이 먼저 "음, 맛있다. 진짜 고구마 같네!" 하고 말했다.

"우리나라에 야생고구마가 있다는 걸 첨 알았어요. 근데 선생님은 이런 걸 어떻게 다 아셨어요?"

나는 잔뜩 호기심에 부풀어 있는 후배작가의 눈을 보면서 어린 시절에 먹어보았다고 대답해주었다.

내가 열한 번째 맞이한 여름방학이었다. 나는 친구 네 명과 함께 뒷산에 올랐다. 집결장소인 곰바위에 가보니 이미 다른 친구들이 다 와 있었다. "야, 가자! 오늘을 얼마나 기다렸는지 몰라!" "다들 준비한 건 잘 챙겨왔지?" 대장격인 윤호가 말했다. 윤호는 우리보다 나이도 두 살 많았고, 이 탐험을 제안한 사람이기도 했다. 작년 어린이날이었다. 시골에 살기 때문에 놀이공원은커녕 하루 종일 어른들한테 잡혀서 일만 하다가 저녁 무렵에 모였는데, 윤호가 불쑥 우리를 보면서 너희들 "여기서 바다 본 사람 있어?" 하고 물었다. 아무도 없었다.

"야, 우리 다음 어린이날엔 바다 보러 가자. 여기서 서쪽으로 산을 열 개만 넘어가면 바다가 나온대. 형들이 그랬어. 바다에 가면 큰 배도 볼 수 있고, 고래도 볼 수 있대."

그 말만 들어도 우리는 기분이 좋았다. 고래가 살고 있는 바다는 저 하늘처럼 끝없이 푸르고 넓다고 하였다. 그런 바닷가를 마음껏

생으로 무친 메꽃뿌리는 아삭아삭 씹히는 맛이 좋다.
다른 야채랑 같이 무치거나 샐러드를 하면 더 다양한 맛을 즐길 수 있다.

달리고 싶었다. 어쩌면 고래가 우리를 태워주고 신비한 섬으로 데리고 갈지도 모른다고 생각했다. 우리는 고래가 작은 섬을 등에다 지고 다닌다고 생각했다. 하지만 막상 어린이날이 되자 윤호가 아파버렸다. 그래서 계획이 여름방학으로 미뤄진 것이다. 윤호는 삶은 달걀 스무 개를 챙겨왔고, 나는 미숫가루를, 다른 친구들은 볶은 콩, 말린 누룽지 등을 가져왔다. 윤호는 그걸 작은 자루에다 넣고 어깨에 걸친 다음 앞서 걷기 시작했다. 우린 작은 막대기 하나씩 들고 진짜 탐험대가 된 것처럼 씩씩하게 노래를 부르며 골짜기로 들어갔다.

그렇게 세 번째 산을 넘어갔을 때였다. 갑자기 윤호가 "쉿!" 하고 손가락을 입에다 댔다. 10여 미터 앞에 누런 늑대 한 마리가 우리를 쳐다보고 있었다. 나는 하나터면 비명을 지를 뻔했다.

"당황하면 안 돼. 우린 지금 늑대들에게 포위당해 있는 거야. 자, 태연하게 나를 따라서 걸어. 그런 다음 내가 뛰어, 하면 다 같이 뛰는 거야."

우리는 윤호를 따라 숨소리도 내지 않고 걸었다. 감히 주위를 돌아다볼 엄두도 내지 못했다. 그러다가 툭 트인 산밭이 보이자 "뛰어!" 하고 윤호가 소리쳤다. 그걸 신호로 우리는 달리기 시작했다. 우리는 인가가 듬성듬성 보이는 언덕배기에서 숨을 몰아쉬다가 윤호의 당황하는 표정을 보았다. 어깨에 멘 자루 속에 있는 먹거리들이 어디론가 사라져버렸다. 자루 밑바닥이 무엇엔가 걸려서 찢겨져 있었다.

그때부턴 우린 동요했다. 다시 집으로 가자고 말하고 싶었지만 윤호는 여기서 포기할 수 없다고 했다. 몇몇 아이들이 배고프다고 했다. 그러자 윤호가 일어나서 주위를 두리번거리더니 무엇인가를 캐기 시작했다. 메꽃뿌리였다.

"작년에 우리 삼촌이 캐줘서 먹은 적 있어. 고구마랑 똑같아, 자 먹어봐. 오늘은 이것 먹고 가자. 내가 돈 있으니까 바닷가에 가면 짜장면 사줄게."

우린 그 말을 듣고 메꽃뿌리를 캐서 먹었다. 그걸 먹고 계곡물을 양껏 들이켜고 나니 힘이 났다. 한 시간 정도 걸어가자 배가 아프기 시작했다. 나랑 세 명의 친구들이 설사를 했다. 주위는 이미 어두워지고 있었고, 윤호가 죽은 나무토막을 모아 임시 움막을 짓고 있었다. 나는 설사를 세 번이나 했다. 윤호가 움막 주위에다 불을 피웠다. 그리고 캐온 메꽃뿌리를 굽기 시작했다. 설사를 해서 그런지 배가 더욱 고팠다. 생으로 먹을 때보다 더 맛이 있었다. 다행히도 더 이상 설사를 하지는 않았다.

"이야, 그 메꽃뿌리를 먹고 바닷가까지 간 거예요?"

"예. 다음 날 오후에 우리는 바닷가에 도착했고, 진짜 하늘만큼이나 넓은 바닷가를 미친 듯이 달렸지요……."

나는 밥이 다 준비되었다는 아내의 목소리를 듣고는 "오늘은 이

야생초
밥상

메꽃 이파리와 뿌리, 그리고 고구마 이파
리와 수영 이파리를 섞어 샐러드를 했다.
시큼한 수영과 담백하면서도 고소한 메꽃
의 맛이 조화를 이룬다.

메꽃뿌리로 샐러드를 해서 먹읍시다!" 하고 집 안으로 들어갔다. 메꽃뿌리를 깨끗하게 씻어서 작은 토막으로 자르고, 미리 뜯어다놓은 민들레 이파리랑 수염 이파리 그리고 깻잎이랑 양파를 썰어서 접시에 담았다. 이윽고 후배작가 내외가 식탁에 앉았다. 나는 메꽃뿌리가 섞여 있는 샐러드를 보면서 말했다.

"메꽃뿌리를 생으로 많이 드시면 설사할 수도 있으니 적당히 드세요."

그들은 알았다고 하면서도 "어어, 이거 맛있어서 조절이 잘 안 되네요." 하면서 메꽃뿌리를 아삭아삭 씹어댔다.

"진짜 씹을수록 맛있네요."

"이런 야생초가 있다는 걸 왜 몰랐지요?"

그들은 끝없이 질문을 던지고 감탄사를 연발하면서 메꽃뿌리만 골라서 먹어댔다. 나는 그들이 설사를 하지 않을까 걱정했지만, 그날 밤에 돌아갈 때까지 아무런 탈도 나지 않았다.

20

물속에서 건져낸 천상의 음식,
말랭이죽

> **마름** : 늦여름이면 아이들이 물에서 마름을 건져다가 생으로
> 까먹기도 하고, 쪄서 먹기도 했다. 물에서 건져내야 하기 때문
> 에 많은 양을 수확할 수 없어 귀한 음식으로 여겨진다.

설날 고향에 갔다가 구랑배미할매네 집을 보고 하마터면 "할머
니!" 하고 소리칠 뻔했다. 꼭 집 안에 불이 살아 있는 것만 같았다.
그만큼 그 집이 멀쩡했다. 집에서 사람의 숨소리가 사라진 지도 10
년이 넘었거늘 그 집은 아무렇지도 않게 버티고 있었다. 집 앞에 있
는 늙은 당산나무에게 그 비결을 물어보고 싶었다. 오랫동안 마을
을 지켜준 당산나무는 특이하게도 느티나무가 아니라 호랑버들이
었다. 그 호랑버들 앞쪽에는 버들붕어들이 사는 둠벙이 있었다. 육
신의 대부분이 구새 먹고 바람들어 속이 텅 빈 호랑버들과 구랑배
미할매의 공통점은 그 연못을 애지중지한다는 것이었다. 호랑버들
은 발을 깊게 뻗어 그 연못의 젖물을 빨아먹었고, 구랑배미할매는

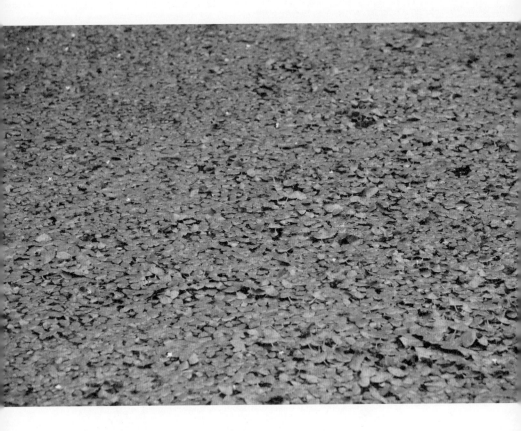

마을 사람들은 구량배미할매가 애지중지하는
마름을 탐내지 않았고, 할매가 돌아가신 뒤에는
흰 마름꽃을 보면 "아이고, 말뱅이꽃이 구량배디댁 같구만.
이제 아무도 따지 않아서 더 하얗네.
구량배미댁이 죽어서 말뱅이꽃이 되었는가?"하고
중얼거렸을 뿐이다.

그 연못에서 자라는 마름을 건져서 먹었다.

달궈질 대로 달궈진 여름 햇살이 식어내리는 초가을이 되면, 구랑배미할매는 어린 손자를 앞세우고 그 연못으로 갔다. 구랑배미할매의 어깨에는 당신이 살아온 세월의 길이를 상징하는 듯한 간짓대가 걸려 있었다. 구랑배미할매는 마름줄기를 간짓대 끝에 달린 낫이나 호미에다 걸어서 끌어당겼다. 마름은 물 위에 둥둥 떠서 사는 족속이다. 아이들 키를 넘지 않을 정도로 야트막한 곳, 물 흐름이 느린 곳이라야 정착할 수 있다.

진흙뻘 속에다 뿌리를 내리고 대롱처럼 긴 줄기를 물 위로 뻗어올려 이파리를 수면 위에다 펼쳐놓는다. 물 위에다 이파리 살림을 편안하게 차릴 수 있는 것은, 물고기 부레 같은 공기주머니의 수고로움 때문이다. 사방으로 벌려놓은 이파리 밑에는 통통하고 길쭉한 공기주머니가 매달려 있다. 그 공기주머니는 가끔씩 낮잠을 즐기기 위해 나온 개구리나 자라새끼가 올라앉아도 거뜬히 지탱해준다.

마름꽃은 여름에 하얗게 핀다.

흰구름 뭉게뭉게 피어나니 나무 끝이 흐느적거린다
밀물 때에는 동호에 가고 썰물 때에는 서호로 놀러 가자
흰 마름꽃과 붉은 여뀌는 가는 곳마다 좋은 경치를 이뤘구나

윤선도(1587~1671)의 『어부사시사』 중에 나오는 시인데, 흰 마름

물 위에 뜬 마름은 수많은 수생동물들의 먹이가 되기도 한다. 작지만 희고 맑게 피는 마름꽃은 옛 선비들 글에 자주 오르내릴 정도로 단아하다. 이파리 아래쪽에 달린 통통한 것이 공기주머니다.

꽃과 붉은 여뀌꽃이 좋은 경치를 이뤘다고 읊조리고 있다. 사실 마름이나 여뀌는 그냥 유심히 보지 않으면 그 멋을 느낄 수 없는 풀이다. 특히 여뀌는 이삭꽃으로 그것을 꽃이라고 볼 수 있는 사람이 많지 않다. 마름이야 작아도 꽃 모양을 하고 있지만 여뀌는 그렇지 않다. 그런데 윤선도는 여뀌와 마름꽃이 잘 어우러져서 더욱 예쁘다고 하고 있다. 나는 옛사람들의 이런 곰살맞은 눈빛이 그립다.

아이들은 말밤이라 부르던 마름의 가시가 워낙 사나워서 쉽게 따지 못했다. 마름은 작살처럼 되어 있는 가시 끝을 물새들의 깃털에다 박는다. 마름은 이렇게 날개도 없지만 물새들을 타고 둠벙에

야생초
밥상

서 둠벙으로 세력을 넓혀나간다.

구량배미할매는 닳아질 대로 닳아진 손톱으로 그 무시무시한 마름 껍질을 까서 아이들에게 골고루 나눠주었다. "야, 맛있다! 밤 맛이다!" "아니, 깨금(개암) 맛이다!" 아이들은 신기한 표정을 지으면서 마름을 씹어먹었다.

그리고 들에서 논설거지가 갈무리되고 찬바람의 서슬이 사나워지는 동짓달 어느 날 밤, 구량배미할매는 우리 집으로 와서 무엇인가 담긴 그릇을 주고 갔다. 할머니는 무척 귀한 음식을 이바지 받은 것처럼 고마워하였다. 임금이나 받아먹는 음식을 이렇게 편안히 받아먹어 복이라는 말도 되풀이하였다. 구량배미할매가 가져온 음식은 마름 열매로 만든 죽이었다. 그것을 '마랭이죽'이라고 하였다.

"이것을 일일이 까는 것이 보통 품이 아니야. 쫑쫑하게 날서 있는 가시를 피해서 껍질을 깐 다음 잘 말려서 가루를 내야 하는데, 저기

마름 끝에 달린 가시는 작살처럼 생겼다. 마름은 그 가시를 이용하여 새 깃털에 박혀 먼 거리도 쉽게 이동한다. 가을이 되면 줄기에서 분리되어 물속에 가라앉는다. 뻘 속에서 겨울을 난 마름은 이듬해 봄에 새순을 물 위로 떠올린다.

둠벙에 있는 것들을 다 긁어내서 말랭이를 따봤자 얼마 되지도 않으니까 아주 귀한 거야."

할머니는 그렇게 말씀하시면서 내 입에다 한 수저를 밀어 넣었다.

사람들이 마랭이죽을 귀하고 신비로운 음식으로 여긴 것은, 몸이 아프기만 하면 그 죽을 약처럼 쑤어먹고는 멀쩡해지는 구량배미할매 때문이었다. 구량배미할매는 아흔다섯 살에 생을 정리하셨지만, 그때까지 보약 한 첩 먹어본 적이 없으며 병원은 물론 약국도 멀리하였다고 한다. 그래도 마을 사람들은 구량배미할매가 애지중지하는 마름을 탐내지 않았고, 할매가 돌아가신 뒤에는 흰 마름꽃을 보

마름은 삶으면 밤맛이 난다 하여 '말밤'이라고도 한다. 마르면 돌처럼 단단해진다. 옛날에는 막대기로 두들기거나 입으로 물어서 깠다. 요즘은 두꺼운 장갑을 끼고 펜치를 이용하여 껍질을 깐다.

/ 야생초
/ 밥상

면 "아이고, 말뱅이꽃이 구량배미댁 같구만. 이제 아무도 따지 않아서 더 하얗네. 구량배미댁이 죽어서 말뱅이꽃이 되었는가." 하고 중얼거렸을 뿐이다.

그런 생각이 밀물져오자 그 마랭이죽을 먹어보고 싶었다. 그러고 보니 그때 잠결에 딱 한 번 먹어본 게 전부였고, 구량배미할매가 돌아가신 뒤로는 전설이 되어버린 음식이었다. 나는 어머니한테 구량배미할매 이야기를 하면서 마랭이죽을 어떻게 쑤어먹냐고 물었다.

"나도 딱 한 번 먹어봤는데, 전복죽은 저리 가라 할 정도로 맛있지. 고급스럽고. 하지만 요새 어디서 마랭이를 딸 수가 있냐? 요새는 둠벙이 없어서 귀할 것이다. 그것을 따서 말린 다음 까서 가루로 빻아야 해. 그 가루를 물에 풀어서 끓이면 그것이 마랭이죽이야."

어머니의 얼굴에도 마랭이죽을 한번 먹어보고 싶다는 그리움 같은 옅은 미소가 떠올랐다.

명절을 쇠고 집에 오자마자 이웃에 사는 사진작가한테 마랭이죽에 대한 언급을 하였다. 옛날 음식에 대한 관심이 많은 그분은 내 이야기를 듣자마자 그렇지 않아도 마랭이죽에 대한 이야기를 들었다면서 한번 해먹자고 반겼다. 그분은 이미 집 앞에 있는 연못에서 마름을 구해 말려놓았지만 해먹는 방법을 몰라서 그냥 두고 있다며 웃었다.

"마름을 따서 엄청 삶아먹었어요. 아이들이 밤처럼 맛있다고 좋아하더라고요. 물론 까는 게 쉽지 않았어요. 차라리 다 마른 것을

마름 줄기를 잡아당기면 줄줄이 덩굴
이 끌려나온다. 아이들은 생것을 이로
까서 먹기도 했다.

펜치로 까니까 잘 까지더라고요. 제법 많이 땄는데도 가루를 내니까 한 대접도 안 나와요. 이걸로 한 끼나 해먹을 수 있을까요?"

나도 고개를 갸우뚱하면서 한번 해보자고 하였다. 사진작가의 아내가 물을 끓이고 마름가루를 수저로 떠서 넣었다. 세 숟가락 정도 넣고 불을 가열하자 금세 부풀어 오르기 시작했 다. "어, 벌써 끈적거리네요." 하는 말이 끝나자마자 어느새 죽이 되었다.

"아, 이거 가루를 너무 많이 넣었네요. 이야, 놀랍다. 한 숟가락만 넣어도 되겠구나. 이렇게 빨리 죽이 될 줄은 몰랐네."

사진작가의 아내를 비롯하여 주위에 있는 사람들 입에서 탄성이 터져 나왔다. 하얀 마름가루가 부풀어 오르면서 뽀얗게 연한 자주색으로 물들었다.

"어떻게 음식에서 저런 색깔이 우러나올 수가 있는지……."

도저히 인공적인 색소로는 흉내 낼 수 없는 색깔이었다. 경이로웠다. 먹어보지 않고도 눈에 잡힌 눈맛이 이건 보통 음식이 아니구나, 하고 경건해졌다. 퍼지는 냄새를 온몸으로 받아들이면서, 수저로 떠서 입안으로 마랭이죽을 모셔왔다. 하도 어린 시절에 먹어본 음식이라 정확한 맛을 기억할 수는 없었지만, 그걸 삶아서 먹었을 때 찐 밤 같은 맛이 생각나서 그와 비슷하지 않을까 예측했는데 전혀 아니었다.

"이런 맛은 처음이다. 아무런 재료를 넣지 않아도 완벽해요. 이런 오묘한 색깔이 음식에서 우러난다는 게 환상적이어요. 이건 유럽이

마름을 까서 말린 다음 가루를 내어 음식으로 해먹었다. 죽을 비롯하여 떡이나 국수도 해먹었다. 무얼 하든 귀한 음식이 되었다.

나 미국이 아니라 우주의 음식 경연대회에다 내놔도 손색이 없을 만큼, 모두의 입맛을 감동시킬 그런 음식이네요. 갖출 것을 다 갖춘 음식이랄까? 담백하면서도 적당히 당분도 있고, 씹히는 맛도 좋고, 부드럽게 혀끝에 감기고…… 노인들이나 몸이 아픈 사람들에게 딱 맞는 음식이네요. 고명으로 잣 같은 것들을 올려놓으면 아이들도 좋아할 것 같고, 아무튼 너무 맛이 깊으면서도 내 몸속 모든 감각이 이 음식에 푹 빠져들 정도로 맛이 있어서…… 성스러운 음식이라는 생각까지 드네요."

사진작가의 아내가 그렇게 예찬하였고, 나는 내 생에 가장 행복한 순간이라고 표현하였다. 천상의 음식이라고나 할까? 나는 구량

옛사람들은 마름죽을 신선이나 먹을 수 있는 완벽한 음식이라고 했다.
옥색 가루를 끓이면 연붉은색으로 변한다. 담백하면서도 아련한 단맛이 난다.

배미할매가 어쩌면 신선이 되었을지도 모른다는 생각을 하면서, 사
진작가 내외에게 이런 음식을 맛보게 해주어 고맙다는 말을 몇 번
이나 뱉어냈다. 그리고 나랑 전혀 다른 생명체인 마름이라는 풀에
게도 한없이 고맙다는 말을 전하고 싶었다.

21

보약이나 다름없다는
구기자밥

구기자 : 구기자는 덩굴이 무성하고 가시가 있어서 울타리노릇
도 훌륭하게 해냈다. 구기자는 중국에서 건너온 나무로 옛날부
터 조상들의 사랑을 받아온 식물이다. 구기자는 간과 피로회복
에 좋아 약초로도 쓰인다.

무더위가 가장 고약하다는 삼복 중에서도 말복 날이었다. 아침부
터 햇살은 어디 이놈들 맛 좀 봐라 하는 식으로 쏟아붓고 있었다.
바로 집 뒤쪽이 숲이건만 시원한 산바람 놈들은 어디로 숨어버렸
는지 꼴도 보이지 않았다. 점심을 먹어야 하지만 무더위에 지쳐버
린 몸에서는 모든 것이 귀찮다는 반응을 보이고 있었다. 바로 그럴
때 초인종이 울려서 나가보니 2백여 미터 떨어진 아랫마을에 사는
할머니가 서 있었다. 나는 깜짝 놀라서 엉거주춤 인사를 했다. 할머
니는 까만 비닐봉지를 내밀었다.

"아니, 할머니 이게 뭐예요?"

평소 교류가 있다거나 잘 아는 처지가 아닌지라 약간 당황스러

봄부터 가을까지 늘 푸른 이파리와
보라색 꽃을 피워서 눈맛을 좋게 해주고,
모든 이파리들이 지는 가을에는 빨간 열매를
꽃처럼 매달아서 단연 돋보인다.

왔다. 나는 그 할머니에 대해서 아는 게 거의 없었다. 이 마을 터줏대감인 원주민이라는 것, 그 외에는 전혀 정보가 없었다. 다만 며칠 전에 우연히 차를 몰고 시내에 나가다가 무거운 짐을 들고 가는 그 할머니를 보고 "할머니, 저 시내에 가는데…… 혹시 비슷한 곳에 가시면 제가 태워드릴게요." 하고 물었다. 그날도 오늘만큼 더운 날이었는지라 할머니는 벌써 지쳐 보였고, 나를 보자마자 "전철역에 가기는 하는데……." 하고 유심히 내 얼굴을 살폈다. 할머니는 내가 타시라는 말을 하기도 전에 "아, 저 위쪽 산 아래 사시는 양반이구먼. 그럼 좀 태워주겠소?" 하고 바닥에 짐을 내려놓았다. 나는 차에서 내려 뭐가 무겁게 담긴 쌀자루를 차에 실었다. 할머니는 지나칠 정도로 고맙다는 말을 연발하였다. 그리고 서울 사는 딸네 집에 가는 길이라고 했다. 딱, 거기까지였다. 할머니는 더 이상 자잘한 말을 늘어놓지 않고 마른 입술을 꼭 여민 다음, 눈만 돌리면 여기저기 산허리를 파헤치면서 개발을 한답시고 굿을 해대고 있는 마을 풍경을 굽어보고만 있었다. 그 눈빛이 무척 쓸쓸해 보였다는 생각이 들기도 했다. 나도 거기까지만 생각했다. 그런데 그 할머니가 우리 집을 찾아올 줄은 상상도 못 했다.

"별거 아니유. 여기 집 뒤에 있는 산소가 우리 친정어머니 산소요. 어젯밤 꿈자리가 사나워서 친정어머니 산소나 들러보자 하고 나서다가…… 며칠 전에 나를 태워준 일이 생각나서, 얼마 전에 담근 구기자장아찌 좀 가져와봤소. 옛날 음식이라서 입에 맞을지, 요즘 젊은 사람들하고 사는 방식도 다르고 먹는 방식도 달라서 이젠 이런 것도 함부로 줄 수가 없소. 그래도 이것은 우리 자식들도 맛있게 먹더라고요. 그래서……."

구기자장아찌는 제법 큰 통에 들어 있었다. 많은 양이었다. 나는 이걸 받아야 할지 말아야 할지 더욱 당황하면서 어쩔 줄 몰라 했다. 나가던 길에 방향이 같아서 태워드린 것뿐인데, 너무 과분한 이바지 선물을 받는 기분이었다. 어쨌거나 고맙게 잘 먹겠다고 인사를 하고 들어오자 아내가 누군데 그렇게 오랫동안 이야기를 하냐고 물었다. 내 이야기를 들은 아내는 "그래도 나이든 사람들이 정이 있고, 스토리텔링도 있네요. 야, 잘됐다. 밥맛 없어서 어디 나가 먹자고 할 참이었는데……" 하고는 구기자장아찌를 접시에다 덜어냈다.

"우리 이것만 놓고 먹읍시다!"

나도 그러자고 했다. 그래서 밥상은 금방 차려졌다.

"이게 구기자순이라는 거지요? 구기자는 덩굴풀인가요? 아님 나무? 한해살이풀이 아니고 나무라고? 어, 근데 이건 꼭 덩굴 같네요. 작은 이파리가 덩굴 같은 줄기에 자잘하게 붙어 있네. 이건 봄에 난 순이라는 건데…… 아, 맛있다! 연해서 씹히는 맛도 좋고, 약간 쌉쌀한 듯하면서도 구수한 이 맛도 좋고…… 도대체 이런 맛을 어떻게 내지? 이건 간장과 식초의 비율이 중요할 것 같고, 또 숙성시키는 기간, 숙성시키는 곳, 숙성시키는 그릇도 중요할 것 같은데……."

야생초
밥상

구기자국과 구기자나물이 올라 있는 밥상. 구기자국은 묵나물을 쓰는 것이 맛있고, 나물은 생순을 데쳐서 무친 것도 감칠맛이 난다. 아삭아삭 씹히는 맛이 좋고, 약간 쌉쌀한 듯하면서 구수한 맛이 난다.

아내는 중얼중얼하면서도 계속 구기자장아찌를 입으로 밀어 넣고 있었다. 나도 한입 넣고 조심스럽게 우물거렸다. 어린 시절에 먹었던 구기자장아찌는 무척 짰다는 기억이 떠올랐다가 사라졌다.

"이건 전혀 짜지 않네. 이렇게 해야 해. 근데 옛날에는 왜 그렇게 짜게 했을까? 난 그래서 별로 좋아하지 않았어."

"그때는 냉장고도 없었고 해서 오래 두고 먹으려다보니 그랬겠지요."

아내는 근처에 구기자나무가 없냐고 물었다. 나는 보지 못했다고 고개를 흔들었다. 나는 그 할머니네 집도 정확히 몰랐다.

사람에 따라 열매보다 순을 더 좋아한다. 구기자순은 찔레순처럼
곧고 길게 뻗어오른다. 그걸 꺾어 데쳐서 나물도 해먹고 국도 끓였다.
봄부터 가을까지 언제라도 해먹을 수 있다.

"나도 구기자장아찌 한번 담아보고 싶어요."

나는 아랫마을에 가서 구기자나무를 한번 찾아보겠다고 하였다.

"구기자는 밥으로 해먹어도 맛있어. 특히 이렇게 무덥고 밥맛 없을 때는 최고야……."

"어떻게 해먹어요? 구기자꽃을 넣어서? 아님, 구기자 이파리? 구기자 열매?"

"구기자는 봄부터 가을까지 아무 때나 이파리를 따서 먹을 수가 있어. 그래도 봄에 부드러운 햇순이 가장 맛있어. 하지만 여름이나 가을에도 뜯어다가 밥에 넣어서 해먹었어. 고명으로 구기자꽃이나 빨간 열매를 넣기도 하지. 그러면 보기도 좋고 구수한 맛이 더 우러났어."

내가 어린 시절에는 이런 삼복더위를 나는 게 만만치 않았다. 그냥 집 안에서 뒹굴뒹굴하면서 더위를 이겨내는 게 아니라 논과 밭에서 일까지 하면서 몸에 달라붙는 더위를 물리쳐야 하기 때문에, 밤만 되면 체력이 바닥나서 그대로 쓰러져 잠을 자고 다음 날 아침이면 코피를 쏟아내는 일이 많았다. 그렇다고 요즘처럼 닭백숙 한번 사먹을 수도 없었고, 일을 하지 않을 수도 없었다. 그럴 때 어머니는 나를 불러서 "구기자 잎사귀 좀 따오너라." 하고 말했다.

당시만 해도 들이나 산에서 집으로 통하는 길은 대부분 골목이었고, 그 골목 좌우측으로는 울타리였다. 울타리는 주인의 성격에 따라서 높이나 재질이 다 달랐다. 산하고 가까운 곳은 싸리나 보리

수를 베어다가 울타리를 하고, 강과 가까운 곳은 갈대나 억새 혹은 냇버들을 베어다가 울타리를 한다. 매년 울타리를 정비하는 것이 번거로우면 탱자나무나 매자나무, 측백나무, 동백나무, 조팝나무 따위를 심어서 울타리를 삼는다. 구기자나무도 사람들이 울타리용으로 쓰는 나무다. 나무는 굵지 않지만 덩굴이고 잘 자란다. 게다가 잔가시가 있어서 구멍 뚫기 좋아하는 개나 아이들이 싫어하는 울타리가 된다. 봄부터 가을까지 늘 푸른 이파리와 보라색 꽃을 피워서 눈맛을 좋게 해주고, 모든 이파리들이 지는 가을에는 빨간 열매를 꽃처럼 매달아서 단연 돋보인다.

중국에는 빨간 구기자 열매를 많이 먹으면 영원히 늙지 않는다는 전설이 전해진다. 옛사람들은 구기자를 귀한 약으로 생각했다. 말린 구기자로 식혜나 떡을 해먹기도 했다.

어느 마을에나 가면 이렇게 구기자덩굴로 된 울타리가 몇 개쯤은 있기 마련이다. 그 울타리에서 살아가는 구기자는 인간들이랑 공생하면서 생을 즐긴다. 집 주인은 주로 울타리 안쪽으로 뻗은 가지에 있는 이파리나 열매를 따다가 음식을 해먹었고, 울타리 바깥쪽에 있는 것들은 마을사람들이 오고 가면서 한 주먹씩 뜯어다가 반찬이나 밥을 해먹었다. 그러니까 그 구기자나무는 마을 공동소유나 마찬가지였다. 내가 구기자 잎을 뜯으려고 가면 주인 할머니가 울타리 안쪽에서 보고는 "요즘 시우가 기운이 없는 모양이구나." 하고 미리 뜯어놓은 구기자 잎을 주기도 했다.

"자, 많이 뜯어다가 밥해먹어라. 구기자밥은 보약이란다. 기운 없을 때는 이것이 최고지. 옛날에 어떤 사람이 구기자를 먹고 사백 살이 넘도록 살았다는 말도 있단다. 그래서 구기자를 불로장생약이라고도 하지. 요걸 생으로 그냥 끓여서 먹어도 좋단다. 살짝 데쳐서 반찬을 하기도 하고 국으로 끓여먹기도 하고. 구기자는 어떻게 먹어도 탈이 안 나거든."

익은 구기자가 고명으로 들어간 밥이 먹음직스럽다. 한여름 더위에 지쳐
밥맛이 없을 때 해먹으면 기운을 회복할 수 있었다. 그 밥을 그대로 오래 끓이면
구기자죽이 된다. 구수한 맛이 있어서 아이들도 좋아하는 죽이었다.

구기자차는 우리 조상들이 녹차보다 더 많이 먹었다. 녹차와 달리 구하기도 쉬웠고, 힘들게 덖지 않아도 되었다. 구기자차는 피로회복제로 쓰였다.

  그때마다 나는 진짜 구기자를 먹으면 4백 살까지 살까, 하고 고개를 갸우뚱하기도 했다. 어쨌든 그걸 집에 가지고 가면 어머니는 아껴두었던 쌀을 씻어 솥에다 안치고 구기자 이파리도 넣었다.

  "어머니는 그렇게 지어낸 구기자밥을 양푼 가득 퍼주고는, 밥맛이 없어도 다 먹으라고 하셨어. 그래야 힘이 나고 더위를 이겨낼 수 있다고. 그런 말을 듣고 우리는 억지로 구기자밥을 먹었지. 간장에다 비벼먹기도 하고, 그냥 먹기도 하고…… 하여간 몸에 좋다고 생각해서 그런지 몰라도 그걸 먹고 나면 힘이 나는 것도 같았어. 어쨌든 우리는 고기 한 점 먹지 않고, 그렇게 가끔씩 구기자밥을 해먹으면서 여름을 났어. 가끔 한여름에 할아버지 할머니가 아프시면 구기자 잎이나 말린 구기자 열매를 넣고 죽을 쑤어드렸지. 밥보다는 죽이 더 정성이 들어가서 그런지 맛이 있었어. 어떤 집에서는 구기자 열매로 식혜를 담기도 했는데, 그건 색깔부터가 현실에서는 먹을 수 없는 음식처럼 달랐지. 그뿐이 아니야. 나이 드신 할아버지들

야생초
밥상

은 구기자 잎을 따서 말렸다가 종이에 말아서 담배를 피우기도 했으니까. 그게 몸에 좋다고 생각하신 거지. 아이구, 구기자장아찌 먹다보니 별별 생각이 다 나네."

내가 밥그릇을 비우고 앉은걸음으로 슬며시 뒤로 물러나자 아내가 살짝 웃었다.

"당신은 나이도 많지 않은데 진짜 아주 옛날 사람들이나 했을 법한 경험을 다 한 것 같아요. 그래서 작가가 됐는지 모르겠지만 진짜 복인 것 같아요. 요즘 그런 기억을 가진 작가가 어디 있어요?"

"그건 그래. 그때는 시절이 너무 가난해서 싫었는데, 요즘 생각해보면 참 행복했던 것 같다는 생각이 종종 들어."

나는 그 말을 하면서 내년 봄에는 마당가에다 구기자나무를 몇 그루 심어야겠다고 생각했다. 우리 집이 아니니까 곧 이사를 할 수도 있지만 그래도 심어놓으면 누군가는 구기자나무를 예뻐하면서 살아갈 테니까.

우리 집 뒷산은 밤마다 다른 세상으로 바뀐다. 나무와 나무 사이, 덩굴과 덩굴 사이, 풀과 풀 사이에서 파란 생명체들이 환생하여 혼불처럼 너울거린다. 자기들만 알 수 있는 언어로 소통하면서 숲속을 자기들만의 해방구로 선포한다. 이건 기적이야, 하는 말 외에는 그 어떤 표현도 허락하지 않는 비밀스럽고 환상적인 축제에 취해서 흐느적거리면서 마음이 서글퍼졌다. 지금까지 알려진 과학적인 지식으로 판단하건데, 우리 집 뒷산은 그들이 살기에 만만한 환경이 아니다. 반딧불이 애벌레는 다슬기를 먹고 살아간다고 한다. 근처에는 다슬기가 살 수 있는 계곡은커녕 도랑 하나 없다. 그럼 뭘 먹고 살아갈까? 다슬기 대신 달팽이를 먹고 살아갈까?

야생초
밥상

5년 전 우리가 이사 왔을 때는 집 오른쪽에 있는 산밭 주위가 그들의 나라였다. 그들은 밭 위에 있는 무덤을 무도회장으로 이용하였고, 옛 사람들이 보면 "혼불이다!" 할 정도로 파란 불씨를 숲 곳곳에다 뿌려놓았다. 하지만 밭주인이 제초제로 밭 주위에서 더불어 살던 야생초들을 초토화시키면서 반딧불이는 신음하기 시작했다. 우리가 아무리 항의해도 밭주인은 들은 척도 하지 않았다. 아니 오히려 더 강력한 것으로 무장하고는 야생초들이 파릇파릇 살이 오를 만하면 찾아와서 뿌려댔다. 무릇, 쇠무릎, 참비름, 마, 구슬봉이, 왕씀바귀, 좁쌀풀, 나도나물, 별꽃 같은 야생초들은 가혹한 제초제를 견디지 못하고 사라졌다. 악착같기로 소문난 바랭이들만이 겨우 명맥을 유지하고 있다. 지렁이, 참개구리, 두꺼비, 청개구리들도 볼 수가 없었다. 반딧불이도 어디론가 사라져버렸다.

그렇게 반딧불이는 종말을 맞이한 줄 알았다. 그런데 3년 전부터 우리 집 뒤쪽 숲에서 그들을 다시 만나게 된 것이다. 처음에는 눈물 나도록 기뻤지만 이곳이 그들의 마지막 터전이라는 생각을 하자 내가 인간이라는 사실이 참으로 서글퍼지면서 미안해졌다. 그 숲 위쪽의 산허리는 이미 다 잘려나갔고, 옆쪽에도 집을 지으려고 벌써 3년째 공사 중이다. 안타깝게도 나는 그들에게 아무런 도움을 줄 수가 없었다. 숲 속으로 살그머니 새어드는 햇살처럼 그들의 몸을 어루만져줄 수도 없었고, 숲 앞쪽에 융단처럼 깔려 있는 야생초들처럼 그들을 품어주지도 못했다. 그랬다. 그들이 우리 집 뒤쪽으로 터전을 옮긴 것은 수많은 야생초들이 자라는 풀밭이 있기 때문이었다. 우리 집 뒤에는 약 5백 평 가량의 밭이 있는데 땅주인은 그곳에다 나무를 심어놓고 방치하였다. 그러자 수백 가지 야생초들이 날아들어 철마다 새로운 얼굴을 선보이면서 살아간다. 야생초가 살아 있기에 반딧불이도 살 수가 있었다. 야생초들이 살아 있기에 내가 헤아릴 수 없을 정도로 많은 곤충들이 살고 있으며, 또한 그 곤충을 먹고 수백 가지의 생명체들이 살게 된다는 이 뻔한 진실을 다시금 곱씹게 되었다. 인간도 그 수백 가지의 생명체 중에 하나라는 사실도 새삼 깨달았다.

이 글의 주인공은 인간이 아니라 들에서 아무런 말없이 살아가는 야생초다. 그들이 없었다면 이 세상의 신비로운 판타지는 존재하지 않을 것이다. 이 책은 야생초로 만들어진 음식에 대한 잡담들이지만 결국은 인간의 피와 살이 되는 풀에 대해서 묵상하는 시간이 되었으면 좋겠다. 그런 마음으로 이 책을 세상으로 내보낸다.

야생 새팥으로 만든 팥죽을 먹고 행복해하는 이웃들을 보면서
2015년 초여름 이상권

/ 야생초
/ 밥상